— 書き下ろし長編官能小説 —

ぼくの家性夫バイト

鷹澤フブキ

竹書房ラブロマン文庫

目次

この作品は、竹書房ラブロマン文庫のために
書き下ろされたものです。

第一章　お試し仕事と筆下ろし

「なによ、緊張（きんちょう）してるの。気持ちはわかるけれど一番大切なのはスマイルよ、スマイル」

「そりゃあ、緊張していますよ。いくら社内でのテストには合格したとはいえ、契約してくれるお得意さまが決まらなかったら、いつまで経ってもアルバイトのままじゃないですか」

　気持ちをほぐそうとする先輩社員の御厨麻奈美（みくりやまなみ）の言葉に、坂崎翼（さかざきつばさ）はいっそう表情を強張（こわば）らせた。

　二十四歳の翼は家事代行業者でアルバイトをしている。

　いわゆる「家政夫」という仕事だ。

　家事代行とひと口に言ってもその仕事は多岐（たき）にわたる。買い物や食事などの用意から片付け、室内外の清掃、散歩を含（ふく）めたペットの世話、子供がいる家庭の場合はベビーシッターを兼ねることもある。法人との契約の場合は社員寮などの維持管理を任されることもあるが、やはりメインになるのは一般家庭との契約だ。

翼は大学を卒業したものの、新卒で採用された広告代理店での営業職には馴染めずに、半年も経たないうちに退社してしまった。

それ以降はネットで情報を集めてはアルバイト生活を送ってきた。そこで不安定なフリーター生活に別れを告げるべく、ネットに掲載されていた家事代行会社のアルバイト募集に応募したのだ。決め手になったのは、成果をあげれば正社員として雇用される可能性があることだった。

いまどきは家事代行業者は女性だけに限定せず、男性にも門戸を開いている。それでも問い合わせをしてくるのは主夫などが多いようで、二十代前半の男が応募してくるケースは珍しいらしい。

そんな翼のトレーナー兼コーディネーターを引き受けたのが、三十代半ばの麻奈美だった。会社だけでなく顧客からの信頼も厚いベテラン社員である麻奈美の得意先に同行し、一人前の家政夫になるべく研鑽（けんさん）を重ねてきた。

幼い頃に両親が離婚し、六歳年上の姉とともに母親に引き取られた翼は、小学校高学年になる頃から食事の支度や掃除などを自発的に手伝ってきた。仕事に追われる母を見かねてはじめた家事だったが、その経験が十分に活かされたようだ。

ようやく三カ月が過ぎ、ひとり立ちが許されることになった。そこで得意先となる顧客を獲得すべく、顧客候補との顔合わせが行われることになった。

顔合わせといっても、ただ単に両者が面談をするわけではない。まずは仕事ぶりを認めてもらうために、コーディネーターでもある麻奈美を伴い顧客宅で家事を行うことになっている。

そこで実際に作業をし、仕事内容に納得をしてもらえれば正式に契約を交わすことになる。したがって、翼にとっては面接を兼ねた重要な任務なのだ。

もしも気に入ってもらえなければ、次の顧客候補宅が見つかるまでバイトとして先輩社員たちのサポートを続けることになると聞いていた。それを考えれば、緊張に顔が強張ってしまうのも無理はない。翼は、

「大丈夫です。頑張ります」

と、ぎゅっと握った両の拳をわずかに上下させた。

会社から渡された地図に記されていた住宅は、都内でも瀟洒な造りのマンションや戸建て住宅が並ぶことで知られる高級住宅街の一角にあった。表札を確かめてチャイ

ムを鳴らすと、インターホンの向こうから、

「どちらさまですか？」

としっとりとした声が返ってきた。

「恐れ入ります。マーベラス・ホームサービスより参りました、御厨と申します」

麻奈美はいつもよりも少し上品な感じで返答をした。

ほどなくしてマホガニーカラーの木製のドアがゆっくりと開き、グレーのシックなカットソーのワンピースに身を包んだ女が現れた。落ち着いたマロンブラウンにカラーリングされた髪の毛はわずかにカールを描くサイド部分を残し、後頭部で緩(ゆる)やかに結いあげられている。

卵形の輪郭に、淡いベージュカラーのアイシャドウで彩られた綺麗な二重(ふたえ)まぶたと、ピンクベージュのルージュを塗(ぬ)ったふっくらとした唇が、三十代半ばの色香を醸(かも)し出している。

黒に近いグレーのスーツに包まれた、胸元をつんっと押しあげる蠱惑(こわく)的なふたつのふくらみに翼の視線は無意識のうちに引き寄せられてしまう。

女は一瞬怪訝(けげん)そうな表情を浮かべたが、すぐに口元に笑みを浮かべた。

「お待ちしておりました。まずは、中に入ってくださいな」

インターホン越しに鼓膜を優しく刺激した声の持ち主である緒方藍子は、艶然と微笑みながら翼たちを室内へと招き入れた。吹き抜けになっている玄関の天井には天窓が設えられていて、初夏の陽射しが差し込んでいる。

案内されたのは、一階の最奥にあるリビングダイニングだった。リビングからは、庭に植えられた紫陽花などを眺めることができる。

アイランドタイプのキッチンは、白を基調として整然とまとめられている。花瓶に活けられたパステルカラーの花が、家の主である藍子のセンスを誇らしげに主張しているみたいだ。ソファに腰をかけた翼は、さりげなく室内のようすを観察した。

藍子は手慣れた所作で翼たちの前に紅茶と茶菓子を並べると、

「今回、御社にお願いをしようと思ったのは、月に二回ほどワークショップを開いているからなんです。生徒さんを自宅にお招きすることを考えると、お部屋は常に綺麗にしておきたいと思って……」

と、切り出した。

ワークショップというのは料理や手芸などの趣味を活かし、近隣の主婦などを対象に実践的な講座を行うことだ。

「そうですね。最近はご家庭で色々なワークショップを開いているかたが多いですね。

スタジオなどを借りるよりもアットアットホームな感じが心地よいということで人気があるようですが、主催者さまはお掃除や片付けなどを気になさっているみたいです。実際にワークショップに合わせて、ご依頼をいただくケースも多いんですよ」

麻奈美は背筋をすっと伸ばして答えると、テーブルの上の紅茶に口をつけた。翼も真似るようにカップの紅茶を口元に運んだ。湯気とともに、ほのかに香る柑橘系のフレーバーが鼻腔に忍び込む。

「弊社では、お客さまにご満足いただけるサービスの提供をモットーにしています。家事の代行というデリケートなサービスを提供する上で、お客さまとスタッフの相性もあるかと存じます。まずはお試しとして、弊社のスタッフの仕事をご確認いただければと思います。もちろんお試しですので料金はいただきませんし、相性が合わないということであれば、改めて別のスタッフをご紹介いたします」

「あら、ずいぶん至れり尽くせりという感じなのね。今日、紹介してくださるのはそちらの男性なのかしら？　こんなことを言ったらいまどきはダメなのかも知れないけれど、男性スタッフというのは少し珍しい気がするのだけれど」

いきなり核心をつくような藍子の言葉に、翼は肩口がぴゅくりと小さく動くのを覚えた。

「そうですね。確かに抵抗感を覚えるかたもいらっしゃるようです。でも、いまは多様化の時代ですし、実際に家事をされるかたは実感されているかと思いますが、意外と重労働なのは否めないと思います。こちらにいる坂崎翼は働いている母親を気遣って幼い頃から家事をしておりましたし、仕事ぶりも実に真面目です」

「そうなんですか。実は翼さんというお名前を聞いたときに、てっきり女性だとばかり思っていたものですから……」

藍子はその場の雰囲気を和ませるように笑顔をみせた。

「わかりました。いまどき性別とかを言うのは確かに古臭いですね。大切なのは、きちんとお仕事をしていただけるかどうかですもの。お返事はお仕事ぶりを確かめさせていただいてからで構わないんですよね？」

「ええ、もちろんです。契約をしていただけるかは、お客さまのご判断次第です」

ソファの上で委縮している翼のことなどお構いなしに、女たちの交渉が進んでいく。翼にできることは、この場の空気を悪くしないように行儀よく振る舞うことだけだ。

「それでは、こちらの指示書にご希望される作業内容の記入をお願いできますか。プライバシーを尊重いたしますので、立ち入られたくない場所などの記載もお願いいたします」

麻奈美は顧客が求めている作業内容や要望などを記す用紙を、藍子に恭しく差し出した。

藍子は視線を落とすと、色素が濃いめの印象的な黒目を左右にわずかに動かしながら達者な文字で書き入れている。年齢欄には三十七歳と記していた。

「主にお願いしたいのは、このキッチンとリビングのお掃除です。生徒さんがお料理をしたりお茶会をするので、どこを見られてもいいようにしておきたいんです。あとは玄関からリビングへ続く廊下や洗面所などかしら。そのときどきによっては、近所にあるスーパーへのお買い物などもお願いできると助かります」

「はい、承知いたしました。気になる点などは遠慮なくご指摘いただければと思います。では坂崎くん、作業に取りかかって。わからないところは自分で判断をしないで、必ずお客さまに確認をしてくださいね」

麻奈美に促されると翼は立ちあがり、作業には邪魔でしかない面談用のジャケットを脱ぎ床に置いたリュックサックタイプのバッグの上にかけた。これで作業がしやすいシャツとコットン生地のパンツスタイルになる。

社内には作業ごとに詳細なマニュアルがある。それは既存の顧客のアンケートを基準にして作成されたものだ。それに基づいて、作業を進めていく。もちろん各々の家庭によって状況は変化するので、あくまでも目安でしかない。

あえて麻奈美は作業に手を貸そうとはしない。正式に契約が交わされれば、作業をするのは翼なのだから、それは当たり前のことだ。

ふたりの女はソファに向かい合うように座ると、翼の作業にときおり視線を投げかけながら談笑をしている。お互いに年齢が近いということで、会話の接点を見つけやすいようだ。

しかし、翼にはふたりの会話を盗み聞きするような余裕はなかった。手渡された指示書を見ながら、自身の姿が映り込むほどにシンクやコンロなどを丁寧に磨(みが)きあげていく。

キッチンの掃除が済むと、藍子たちが腰をおろすソファの周囲にも掃除機をかける。世が世なら王侯貴族のために甲斐甲斐(かいがい)しく世話を焼く下働きのようだ、と自虐的な気分になってしまいそうなものだ。

しかし、少年時代から母や姉のために家事をこなしてきた翼にとっては、それは特筆すべきようなことではなく、ごくごく日常的なことだった。

二時間ほどの作業を終えると、藍子は室内を隅々(すみずみ)まで点検した。罪を犯したわけでもないのに、判決を待つ囚人のような心持ちになってしまう。

「本当に綺麗にしてくださるのね。これならば、いつでも安心してお客さまをお招きできるわ。是非とも契約させていただきたいわ」

作業手順の確認シートを手にしながら、リビングなどを見回した藍子は感心したように言った。

「あっ、ありがとうございます。誠心誠意頑張りますっ！」

心細い気持ちに押し潰(つぶ)されていた翼は、藍子の言葉を聞いた瞬間これ以上はないというほど深々と頭(こうべ)を垂(た)れた。いままでの不安だった気持ちが、すぅーと晴れていくみたいだ。

次の週から藍子宅での仕事がはじまった。週に一回か二回、前もって決められたシフトに合わせて午後一時すぎに訪問し、三時間程度の作業をする。それ以外の日はいままでと同じように法人契約をしている会社の寮の維持管理や、先輩社員の得意先に同行しての作業をする毎日だ。

今回のような契約をいくつも取って成果を上げるまでは、肩書きはアルバイトのままだが、それでもやはり、受け持ち先が一軒でも決まったことは大きかった。

仕事自体には大きな差異があるわけではないが、自分自身が担当していると思うと気持ちの入りかたがまったく違う。

「うちの主人は仕事人間だから、平日の昼間どころか休日だってほとんどいやしないんですもの。これでは、ひとり暮らしとあまり変わらないわ」

　そんなふうに笑ってみせる藍子の言葉どおり、夫とふたり暮らしだという室内には男の気配はあまり感じられなかった。夫の存在を主張しているのは、玄関先に置かれた男物の靴や洗面台に置かれている男性用の化粧品の類、二階のベランダに干してある男物の衣服くらいだ。

　最初は仕事に関する最低限の会話しかすることができなかったが、二度三度と藍子宅を訪れるようになると少しずつではあるが、傍から見れば他愛のない会話もできるようになった。

　仕事が早めに終われば、藍子自らがコーヒーや紅茶を淹れて振る舞ってくれることもある。本来は本末転倒と言えるかも知れないが、ワークショップで披露する新作料理の感想を聞かせてくれと言われれば断ることもできない。

　リビングに置かれたかなり大きめのテーブルに向かい合わせに座りながら、藍子の手作りの料理を口に運び感想を述べるだけのことだが、母親や姉、職場にいる年上の女性社員たち以外に対しては、ほとんど女性に対する免疫がない翼にとって、これは大きな進歩だった。

週に一度か二度の訪問が、翼にとっては仕事を続ける上での重要なモチベーションになっているのは確かなことだ。

「坂崎さんとか翼さんだと、なんとなく距離感を感じてしまうから、翼くんって呼んでもいいかしら？」

名字やさんづけではなく、名前にくん付けで呼ばれるようになったことで、親しみもぐんと増した気がした。

藍子宅での仕事をはじめるようになって、三週間が経った頃だっただろうか。リビングのカーテンを開けて窓ふきをしていた翼は、青々とした芝生が植えられた庭に小さな布切れが落ちているのを見つけた。

庭の広さを考えても、隣家から風に乗って飛んできたとは考えにくい。翼はリビングの外に置かれた大きめの屋外用のサンダルを履いて庭に出た。藍子宅の家事や管理を任されているのだ。それは条件反射みたいなものだ。

ハンカチかなにかかな。きっと二階のベランダから落ちたんだろうな……。

そう思いながら前かがみになり、芝生の上に落ちていた淡いピンク色の小さな布切れを拾いあげる。

　えっ、これってまさか……。

　翼は思わず目を見開いた。拾いあげた小さな布切れはハンカチではなかった。両の指先で広げると、それはなめらかな曲線を描くヒップラインを包み込むショーツだと一目でわかった。

　小ぶりのハンカチと見間違えるのも無理はなかった。柔らかくつるつるとした生地は、肉感的なヒップラインに沿うように伸縮性に富んでいた。

　藍子は男の視線を引き寄せるような乳房の持ち主だが、優美な曲線を描くのは、胸元だけではなかった。

　ワンピースやスカートの上からでもくびれたウエストラインから、瓢箪を思わせるように張りだしたヒップラインを観察することができる。

　淡いピンク色の紫陽花の花を連想させるショーツを手にした翼は、それをとっさにコットン生地のチノパンツのポケットに押し込んだ。ショーツを拾ってしまったのは、予期せぬアクシデント以外のなにものでもない。

　しかし、庭先でそれを広げてしげしげと観察していたら、偶然通りかかった人間から あらぬ誤解を招くことになりかねない。

　翼は慌てて周囲をぐるりと見回すと、なにごともなかったふうを装いながら室内へと戻り、屋外からの視線を遮断するミラータイプのレースのカーテンを引いた。

当初の一、二回は翼の仕事ぶりをリビングで見守っていた藍子もすっかり信用しているのか、最近は翼が仕事をしている間は二階の居室でパソコンを使ってワークショップのためのリサーチや書類作りをしているようだ。

二階には藍子がいるとはいえ、リビングにいるのは翼だけだ。それが翼の性的な好奇心を煽り立てる。翼はズボンのポケットの中に押し込んでいた、ピンク色のショーツを引っ張り出した。

翼の両手の指先で広げても、小さな布地にむっちりと張りだした肉感的なヒップが収まるとは思いがたい。つるつるとした輝きを放つナイロンの生地は、想像以上に伸縮性が高いようだ。

翼は五指を広げるようにして、艶々とした布地をゆっくりと引き伸ばした。そうすることで、藍子の下半身の曲線が鮮やかに再現されるみたいだ。

丸みを帯びた尻肉をすっぽりと覆い隠す部分は伸縮性に優れた柔らかい生地だが、縮れ毛が生い茂っているであろう部分を包むフロント部分には、品のよさを感じさせる繊細なレース生地があしらわれている。

ひと回りほど年上の人妻の下半身の曲線を連想させるショーツを目の当たりにした

だけで、口元や鼻先から洩れる息遣いが乱れてしまう。

ああっ、ショーツってこんなに色っぽいもんなんだ……。

翼の唇から悩ましげな吐息がこぼれる。

仕事に追われる母親を気遣い、小学生の頃から当たり前のように洗濯物を洗っていた。その中には六歳年上の姉の下着なども含まれていた。しかし、不思議なもので異性が身に着けていた物を手にしているという感覚はなかった。

ショーツやブラジャーを目の当たりにしても、それは単なる衣類のひとつでしかない。それがどうだろう。人妻が穿いていたショーツだと思うと、単なる布切れだとは思えなくなってしまう。それが、たとえ洗濯済みでフェロモンの匂いなど感じられないものだとしてもだ。

翼は指先に力を込めると、小さな布切れを押し広げた。

丸まっているときには目立たなかった、太腿の付け根の部分をすっぽりと隠す二枚重ねになっているクロッチ部分が露わになる。

ハンカチを思わせる柔らかそうな素材は、丸みを帯びた臀部を包み込む伸縮性に富んだナイロン生地とは明らかに違っていた。指先を使い、二枚重ねになっているクロッチ部分を表にひっくり返すようにしてじっくりと観察する。

胸の中に、性的な好奇心が矢継ぎ早に湧きあがってくる。クロッチ部分の中央には、縦長にうっすらと色味が異なっている部分がある。

女性器を模すようなその形状を見れば、それがなにを意味するのかは二十四歳にして、いまだに女性経験のない翼にだって察しがつく。翼は目を細めると、ピンク色のショーツの船底部分を鼻先に当てがった。

あらん限りの嗅覚を研ぎ澄まして、切れ長のシミの中に潜む牝（めす）の匂いを探ろうとする。しかし、水分が飛んでしまった二枚重ねの部分に鼻先をすり寄せても、牡（おす）の本能を直撃する淫靡（いんび）な匂いは感じられない。それでも、翼は切れ長のシミに鼻先をすり寄せた。

これが洗濯する前だったら……、きっと藍子さんのオマ×コの匂いがいっぱい染み込んでいたはずなのに……。

はしたない妄想が翼の身体を支配する。ふんわりとした柔軟剤の香りの向こうには、彼女の秘められた淫靡な匂いが潜んでいるのではないだろうか。翼は眉頭に皺（しわ）を刻みながら、目の前の薄衣の匂いを胸の底深く吸い込んだ。

まぶたを開けているよりも閉じているほうが、視覚や余分な情報に邪魔をされずに彼女の匂いを探ることができる気がする。翼は眉頭にぎゅっと力を込めると、意識を嗅覚に集中させせた。ショーツの船底部分に、柔軟剤の甘ったるい香り以外の牡の本能を挑発する匂いを探り当てた気がした。

翼はその匂いを胸元が上下するほど深々と吸い込んだ。わずかに甘酸っぱさを感じさせる淫猥な匂いに、下腹部がぴゅくりと反応してしまう。

すうーっ、はあっー……。

翼が立っていたのは、リビングの窓から二メートルほど離れた場所だった。ミラータイプのカーテンで遮られているので、外から見られる恐れはない。それが翼を大胆にさせる。

ああっ……、これが藍子さんの匂いなんだっ……。

横幅五センチにも満たない船底形のクロッチ部分に鼻先を寄せながら、翼はふんっ、ふんっと鼻を鳴らした。

不思議なものだ。洗濯済みとはいえ、嗅げば嗅ぐほどに二枚重ねの布地の奥から秘密めいた香りが滲みだしてくるみたいだ。それは甘さと酸味が入り混じった不思議な香りで、翼が今まで一度もリアルでは感じたことがない香りだった。

どこか切なさを感じさせる甘酸っぱい香りを味わうべく、翼はまぶたを伏せたまま、船底形の布地に鼻先をすり寄せた。鼻腔から洩れる乱れた鼻息によって、布地がわずかに水分を帯びていく。それによって、その香りが妙に生々しく感じられる。

三十代後半のグラマラスな人妻の下半身を覆っていた、薄衣の匂いを嗅いでいるのだ。家政夫としての理性とは裏腹に、下半身は勝手に暴走をはじめてしまう。

翼の下半身を包むコットン生地のズボンのフロント部分は、まるで万引きをした玩具でも隠しているみたいにこんもりと隆起していた。

恥ずかしい話だが、翼にはこれまで恋愛経験もなかった。もちろん、片思いはある。しかし、袖にされることを考えると、その気持ちを打ち明けることはできなかった。いわゆる弱気すぎる草食系男子なのだ。

そうかといって、バイト代を手に意気揚々と風俗店に通う同級生や先輩たちのように、欲望の赴(おもむ)くままに突っ走ることもできなかった。奥手な上に風俗で筆おろしをするような度胸もないので、いまだに正真正銘の童貞(チェリー)だ。

二十四年間の人生の中で性的な悦(よろこ)びを与えてくれたのは、頭の中で無限大に広がっていく淫(みだ)らな妄想と自分の指先だけだった。

藍子さんってイイ身体をしてるんだろうな……。旦那さんはあまり家にいないって言っていたけれど、それでもエッチはしてるに決まってる……。

藍子の夫はショーツの中身を見るだけではなく、翼が妄想するしかない秘められた部分に男のモノを突き立てているのだろう。

破廉恥(はれんち)な想像をしただけで、リビングに飾ってあるフォトフレームの中の写真でしか見たことがない藍子の夫に対して、嫉妬(ジェラシー)を覚えてしまう。

はああっ……。なんだかどんどん匂いが強くなってくるみたいだ……。

翼は悩ましげに頭を揺さぶりながら、ショーツに鼻先をこすりつけた。まるで、藍子自身と秘密めいた接触をしているみたいな錯覚を覚えてしまう。

そのときだった。まぶたを伏せて妄想に耽(ふけ)っていた翼は背後にかすかな気配を感じた。ハッとして振り返ったが、もう遅い。

「翼くん、なにをしているの？」

藍子は小首を傾(かし)げながら、ソフトな口調で尋ねた。

「あっ、あの……庭に洗濯物が落ちていたので……」

翼は手にしていたピンク色のショーツを鼻先から離すと、とっさに手のひらの中に隠そうとした。いくら小さな布切れとはいえ、ショーツは手のひらには完全には収まりきらない。その慌てぶりが、疚(やま)しいことをしていると告白しているみたいだ。

「そうだったの。庭に落ちていたのを拾ってくれたのね。それで、なにを拾ってくれたの？」

「あっ、あの……その……」

　藍子の物言いはあくまでも柔らかで、問い詰めるようなものではなかった。それが逆に翼を切羽つまった気持ちにさせる。翼は手からはみ出すショーツを握る右手に、力がこもるのを感じた。手のひらがじんわりと汗ばむみたいだ。

「わざわざ庭に出て、洗濯物を拾ってくれたんでしょう。ごめんなさいね、お手数をかけちゃったわね」

　ゆっくりと近づきながら手を伸ばすと、藍子は翼が手のひらの中に隠したものを受け取ろうとした。

「えっ、ええと……」

　翼は口ごもった。ショーツを指先で広げてその形状を確認し、匂いを楽しんでいたという事実がなければ、なに食わぬ顔で手渡すこともできただろう。身体を微動だにすることもできずにいる翼を、藍子は不思議そうに見つめている。

「さっ、渡して」

　藍子の口ぶりはいつも通り穏やかだ。それが翼をいっそう責め立てるみたいだ。翼は前歯をぐっと噛み合わせると、くぐもった声を洩らした。藍子との距離は一メートルもない。いよいよ追い詰められていく。

「す、すみませんっ」

反射的に頭をさげると、翼は手のひらに隠していたショーツを藍子の前に恐る恐る差し出した。たとえ小さく丸まっていても、持ち主である藍子にはそれがなんなのかひと目でわかったようだ。藍子は少し困ったような表情を浮かべた。

その表情に、翼はこの場から逃げ出してしまいたいような衝動に駆られた。しかし、ここはあくまでも職場なのだ。そんな無責任なことはできるはずがない。

藍子は小さく息を吐くと、翼の手のひらにあったショーツを、まるでハンカチを手渡されるみたいに受け取った。いつもと変わらない温和な表情からは、彼女の心情は読み取ることはできない。

「いやだわ、今日は風が強かったものね。きっと風に煽られてしまったのね。でも、よかったわ、庭に落ちていたのなら。もしも道路まで飛んでいってしまって、見も知らない人に拾われていたら恥ずかしくてたまらないもの」

恐縮する翼を気遣うように、藍子は涼やかに笑ってみせた。口元からかすかにのぞく白い歯に、胸がどきんと音を奏でる。

「もしかして、わたしのショーツを見て興奮しちゃったの？」

藍子は目元を緩めながら、少し悪戯っぽい口調で囁きかけた。

「あっ、あの……それは……」

返答に困り、翼は口ごもった。興奮したのは間違いないが、それをストレートに伝えるのは憚られる気がした。しかし、興奮しなかったと嘘をついたら、藍子にはオンナとしての魅力がないと言っているようなものだ。

答えに窮していると、藍子は口角をかすかにあげながら翼に近寄り、耳の辺りに熱気を孕んだ息をふーっと吹きかけてきた。

「あっ……」

突然のことに、翼は肩口をびゅくんと上下に震わせ驚嘆の声を洩らした。

「若い男の子なんだもの。ショーツなんか見たら、おかしな気持ちになっちゃうわよね」

藍子は決めつけるような口調で囁きかけてくる。あくまでもソフトな感じでだ。

「いえ、あの……」

上手い言葉が見つからない。翼は狼狽えるばかりだ。

「いいのよ、男の子なんだもの。エッチなことに興味があるのは当たり前だわ。むしろ、うちの主人みたいに、疲れているんだ、いまさら性欲なんか湧くわけがないって開き直るほうが大問題よ」

藍子はくすりと笑いながら、もう一度耳元に息を吹きかけてきた。生温かいそよ風に背筋がざわついてしまう。それだけではない。委縮しかけていた下半身がどくんと脈動を刻む。

「わたしのショーツの匂いを嗅いでたんでしょう、いい匂いがした？」

「あっ、そんな……」

「いいのよ、見ちゃったんだもの。夢中で匂いを嗅いでいたから、わたしが見ていることに気が付かなかったんだろうけど」

「えっ、見ていたんですか……」

藍子の言葉に、翼は心臓の鼓動がいっきに速くなるのを覚えた。洗濯済みとはいえ、人妻が使っているショーツを鼻先に当てがって卑猥な妄想を逞しくしていた浅ましい姿を見られていたと思うと、まともに立っていることさえできなくなってしまいそうだ。

翼は言葉を失うばかりだ。

「もう、いやだわ。そんなふうに固まらないでよ。若い男の子ならば、女の下着に興味があるのは当たり前でしょう？」

「でっ、でも……」

翼は声を震わせた。もしも、こんなことを会社に報告されてしまったら、藍子宅との契約を打ち切られるだけでは収まらないだろう。

当然、アルバイトは即座にクビになるだろう。それどころか問題を起こして解雇されたとなったら、今後の就職活動だっていっそう厳しくなるだろう。そう思うと、いてもたってもいられないような気持ちになってしまう。

「いやあね、そんな思いつめたような顔をしないでよ。心配なんかしなくても、会社にこんな些細なことを言いつけたりはしないわ」

「ほっ、本当ですか?」

藍子の真意を読み取るように、翼は彼女の顔をまじまじと見つめた。

「当たり前よ。だって翼くんは家政夫なんでしょう。我が家ではお願いしていないけれど、お洗濯だってお仕事のひとつなのよね。だったら、洗濯物を目にしたり、手にしたりする機会だってあるはずだわ」

「まあ、それは、そうですが……」

藍子の言葉に救われた気がした。思えば、ひとり暮らしをはじめる前は、同居していた母親や姉の使用済みの下着を洗濯することは日常茶飯事だった。

「でも、少しだけ気になるわ。わたしのショーツの匂いを嗅いでいたんでしょう。洗濯済みとはいえ、ショーツの匂いを嗅いでエッチな気持ちになったのかしら？」

　藍子はわざとショーツという単語を繰り返した。意味深に目尻を緩めた悪戯っぽい視線が翼を射抜く。

　まともに視線を合わせていることができず、翼は視線を左右にぎこちなく泳がせた。落ち着きのない視線の動きが、戸惑う胸の内を如実に表しているみたいだ。

　ショーツの匂いに興奮を覚えたのは本当のことだ。しかし、その問いに素直に頷いていいものだろうか。牡としての気持ちと、家政夫としての使命感が鬩ぎ合い、黙りこくる。

「会社には報告をしたりしないって言っているのに、わたしって信用されていないのかしら？　そうだとしたら、少し寂しい気もするわ。口はいくらでも嘘をつけるのよね。だったら……」

　少しもったいぶったような藍子の物言いが、翼の心に揺さぶりをかける。鼓膜にしっとりと張りつくような声が、聴覚を魅了するみたいだ。

「だったら、身体に聞いてみようかしら？」

　言うなり、翼の右側に立った藍子は、首筋から耳の付け根の辺りを指先でふわりとなぞりあげた。羽根のように軽いタッチ。男とは質感がまったく違う指先の感触に、思わず顎先を天井のほうに向けて突き出してしまう。

「あら、素敵だわ。翼くんったら敏感な身体をしてるのね」

藍子は嬉しそうな声をあげると、顎先の辺りをゆるゆると撫で回した。まるで子猫の首元を優しく愛撫するような指使いだ。たまらず喉元(のどもと)が上下し、切なげな吐息がこぼれてしまう。

「そうそう、いい感じだわ。そんな色っぽい喘(あえ)ぎを聞くと、わたしまで感じてしまうじゃない」

しどけない声を洩らすと、藍子は三十代後半の肢体をなよやかにくねらせた。完熟(かんじゅく)したボディラインに張りつくような薄手のカットソーのワンピースの上に、半袖のカーディガンを羽織っている。

ロング丈(たけ)のワンピースの大胆な花模様が印象的で、大人の色香の中に少女のような可憐さが潜んでいるみたいな感じだ。室内ということもあって、裸足の上にスリッパを履いている。

「そっ、そんな……困りますっ……」

狼狽えるあまり、声が裏返ってしまいそうになる。翼はしなやかに舞う指先から逃れようとした。しかし、すらりとした指先は執拗(しつよう)に追いかけてくる。

耳元や首筋、顎先をゆるりと撫で回した指先は厚くはない胸元をすべり落ち、コットン素材のズボンのフロント部分にたどり着いた。

「困りますなんて言っているけれど、ココはそんなふうには思っていないみたいよ。むしろ、喜んでいるんじゃないかしら？」

翼の耳元で囁きながら、藍子はズボンのフロント部分を押しあげる牡柱に指先をきゅっと食い込ませた。トランクスの中で窮屈そうに膨張していたペニスが、ネイルで彩られた細い指先をむぎゅっと押し返す。

「すっごいわ。こんなにぎちぎちにしちゃって。わたしのショーツの匂いを嗅いで、こんなに硬くしてくれるなんて嬉しくなっちゃうわ」

藍子は声をうわずらせると、さらに指先に力をこめて若牡の逞しさを確かめた。

「ショーツの匂いだけで、こんなにがちがちになっちゃうなんて……」

うっとりとした声を洩らしながら、藍子は身体を左右にくねらせる。ズボンの上からでもはっきりと勃起しているのがわかるペニスから、右手を離そうとはしない。

藍子は左手で翼の右の手首を摑むと、ワンピースの胸元を押しあげるこんもりとした隆起を描く乳房へと少々強引な感じで導いた。左手の薬指には、鈍い光を放つシンプルな指輪が輝いている。

翼の右の手のひらが、もちもちとした弾力に満ち溢れたふくらみに触れる。男の身体とはまったく違う、その柔らかさに驚いたように指先が小さく動く。

「いやだわ、そんなに驚いたりして……。翼くんって、案外初心なのね」

藍子の口調が艶っぽさを増す。彼女の目には、自分よりもひと回り以上若い男が見せる反応がよほど新鮮に映るらしい。

「もっと、ちゃんと触ったっていいのよ」

甘みを帯びた声で囁くと、藍子は乳房に押し当てた翼の右手に自らの手を重ねた。手のひらには乳房の温もり、手の甲には手のひらの温もりが伝わってくる。女体の柔らかさに、惚けたような声が洩れてしまいそうになる。

身体を強張らせる翼とは対照的に、藍子はますます大胆になっていく。彼女は結婚指輪が輝く左手を器用に操り、両肩からカーディガンをずりおろすと、するりと床の上に落とした。

さらにワンピースの胸元を留めるボタンをひとつずつ外していく。第二ボタンが外れるとオレンジがかったピンク色のブラジャーが現れ、さらにボタンをウエストの辺りまで外すと、軽くヒップを左右に揺さぶっただけでワンピースがすとんと舞い落ちた。

藍子はブラジャーとお揃いのショーツだけを身に着けた姿になった。ブラジャーのカップやショーツのフロント部分に、大ぶりの薔薇の刺繍があしらわれたゴージャスなデザインものだ。

明るいオレンジピンクのランジェリーが、色白で肉感的な熟れ肌によく映えている。藍子は恥じらうのではなく、若牡の視線を引き寄せるように胸元をぐっと突き出してみせた。

誇らしげなふたつの丘陵のあわいに刻まれた深々とした谷間に、ただでさえ血液を蓄えたペニスがますます硬さを増していくみたいだ。

だっ、だめだって……、相手はお客さんなんだから……。

この期に及んでも、翼は謀反を起こそうとする下半身を家政夫としての理性で必死で抑えこもうとしていた。

「もう、いつまでも強情を張っているんだからぁ」

鼻にかかる拗ねた声で呟くと、藍子は血色がいい頬をわずかにふくらませ、翼の作業着であるワイシャツを鮮やかな指さばきでボタンを外し、奪い取った。

インナーシャツもめくりあげ、首から乱暴に剥ぎとっていく。普段は落ち着いた色香が漂っているのに、このときばかりは逆らい難いような女の強情さを感じさせた。

瞳の奥で揺らめいている情念を感じると、身体の動きが封じられるみたいだ。

　まるで老獪（ろうかい）な男の前でなす術（すべ）もなくされるがままになっている乙女のように、翼は体躯をわずかによじり羞恥（しゅうち）の色を露わにした。自然に呼吸が乱れてしまう。

　さらに藍子は翼の前に膝をついた。やや前のめりになった彼女の上半身が近付いてくる。股間のファスナーの辺りに熱い眼差しを感じた翼は、わずかに腰を引いて逃れようとした。しかし、そんな抗（あらが）いのポーズなど藍子は意に介さないようだ。

「ふふっ、緊張してるの？　そんな顔を見ると、すっごくイケないことをしている気分になっちゃうわ」

　藍子は口角をあげて艶っぽく微笑むと、ズボンを留めているベルトに両手を伸ばし、それを少し荒っぽい感じで外した。いっそう前のめりになると、前合わせボタンやファスナーも引きおろす。

「ああ、そんな……だめですっ、だめですって……」

　翼は体躯を揺さぶって抵抗を図（はか）ろうとした。しかし、逆に腰を振ったことにより、ズボンの引きおろしに協力する形になってしまった。

「ふふっ、ずいぶんと可愛いトランクスを穿いているのね」

　楽しげな藍子の言葉に、翼は頬の辺りがかあーっと熱を帯びるのを覚えた。特に意識して購入したわけではないが、下半身を包んでいるのはアニメのキャラクターが描かれた派手なトランクスだ。

藍子はほくそ笑むと、トランクスのフロント部分を留めているボタンの辺りを指先でそっとなぞりあげた。

その途端、尿道口の中に充満していた牡汁がじゅわっと噴きこぼれた。夥しい量の先走りの液体がトランクスの生地に滲み出し、小さな濡れジミを形づくる。

「あら、なんだかぬるぬるのお汁が滲んできちゃったわね」

「あっ、そっ、それは……」

尿道の中に溢れ返っていた淫猥な液体は、己の意志で止めることはできない。恥ずかしさを感じれば感じるほどにトランクスに隠れた鈴口からじゅわりと溢れてしまう。

「翼くんって可愛いのね」

甘みを帯びた声で囁きかけると、藍子はトランクスの前合わせを指先でゆっくりと撫で回した。触れるか触れないかの繊細なタッチ。いやらしさが漂う指使いを見ているだけで、悩ましい声が口元から洩れてしまう。

はじめは五ミリほどだった卑猥なシミは、指先の動きに唆されるようにあっという間に二センチほどの大きさに広がっていく。

「若い子って元気なのね。もうこんなに盛りあがっちゃって」

藍子は目を細めながら、勃起したペニスを緩やかになぞりあげる。牡汁で濡れたトランクス越しに愛撫されると、思わず腰を前後にかくかくと動かしたくなるような快感が湧きあがってくる。

「感じると濡れちゃうのは、女だけじゃないのよね」

意味深に笑うと、藍子はトランクスの上縁（うわべり）のゴムの部分に両手の指先をかけ、それを膝の下の辺りまでずるりと押しさげた。

トランクスによってようやく隠れていた肉柱が、藍子の眼前目がけて勢いよく飛び出す。平常時はやや仮性包茎気味だが、十分すぎるほどに男らしさを漲（みなぎ）らせたことで、包皮が雁首（かりくび）の下まで剝け、赤っぽいピンク色の亀頭が完全に剝き出しになっていた。

「こんなにぬるんぬるんにしちゃって。見ているだけで、こっちまで濡れてきちゃいそうよ」

床の上に膝をついた藍子は、もどかしげに熟れたヒップを揺さぶってみせる。下半身を剝き出しにしている翼の視線を意識するみたいに唇を半開きにすると、粒だった舌先をちろちろと左右に振ってみせる。挑発的な仕草に、剝き身になったペニスがぴゆくんと上下に跳ねあがる。

「綺麗なピンク色のオチ×チン。見るからに美味しそうだわ」

藍子は右手の指先を口元に当てると、うっとりとした表情を浮かべた。その言葉に反応するように、鈴口からとろみのある粘液がじゅわりと溢れ出す。

すでに亀頭は卑猥な液体まみれになっている。とろっとした牡汁が、肉束がきゅっと盛りあがった裏筋へとゆっくりと伝っていく。

「どんなふうにして欲しいの？」

前傾姿勢で膝立ちになっている藍子が、上目遣いで問いかけてくる。

「どっ、どんなって……」

翼は胸元を喘がせた。いやらしいビデオなどでは何度も見たシーンだ。それを思い浮かべて自慰行為に耽ったこともある。しかし、翼は正真正銘の童貞なのだ。

破廉恥な映像などを鑑賞しながら、右手を恋人にしたことはあっても生身の女を相手にしたことはない。いきなり「どんなふうにして欲しいの？」と尋ねられても戸惑うばかりだ。

「あっ、あの……ぼくっ……」

翼は言葉を詰まらせた。性的な経験はないとはいえ、むしろ経験がないからこそさまざまな妄想が込みあげてくる。実体験と胸の内に秘めた欲望のギャップが大きすぎて、いざというときにどうしていいか、わからなくなってしまう。

「なぁに、ここまできて照れているの。それとも言えないようなアブノーマルな願望があるとか？」

藍子は翼を上目遣いで見あげながら、若い男には刺激的すぎる言葉を口にする。艶(あで)やかなルージュを引いた唇が動くたびに、彼女の言葉に頷くように肉柱がびくびくと上下に蠢(うごめ)いてしまう。

「どうしたの。まさか、はじめてってわけじゃないでしょう？」

熟れきった身体を前にして、子羊のように身体を委縮させていることが藍子には理解できないようだ。女から見れば煮えきらないとも見えかねない翼の態度に、藍子は小首を傾げながら拗ねたように鼻先を小さく鳴らした。

「あっ、あの……実は僕、経験がなくて……」

藍子の詰問に背中を押されるように、翼は消え入りそうな声で恥ずかしい秘密を打ち明けた。

「えっ、はじめてって……」

翼の告白に、藍子は驚いたようにただでさえ大きな瞳をいっそう大きく見開いた。

「ええっ、うそっ。初心(うぶ)なタイプに見えたけど、まさかはじめてだったなんて……」

普段は落ち着いた印象の声を裏返らせると、藍子はまじまじと翼の顔を見つめた。ほんの短い時間が、翼には異様に長く感じられる。

「いやだわ、信じられない。翼くんって見るからに真面目な感じだけれど、モテないって感じではないから……」

言葉を選ぶように藍子は呟いた。この辺りの気遣いが、いかにもオトナの女という感じだ。

「いいのかしら？　女もだけれど、男の子だってはじめては大切でしょう。わたしがもらっちゃっても？」

しなを作りながら、藍子は前のめりの身体をいっそう翼に近づけた。熱気を孕んだ乱れがちな吐息が、天を仰ぐような角度で反りかえるペニスの裏側に吹きかかる。

「んんっ、くうっ……」

ふっくらとした唇から洩れる熱い息遣いを感じ、翼はぎゅっとまぶたを伏せた。ビデオなどで観て何度もオカズにした淫靡なシーンが、フラッシュのように脳裏で再生される。

「本当にいいのよね？」

言うなり、藍子は舌先で翼の一番デリケートな部分をちろりと舐めあげた。

張り詰めた亀頭の表皮に吸いつくような、生温かくしっとりとした感触。触れあっているのはほんの一部のはずなのに、まるで身体全体を包み込むような多幸感が広がっていく。

ちゅぷっ、ちゅるっ、ちゅちゅっ……。

わずかに粒だった湿った舌先が、ぬるぬるとした牡汁まみれの亀頭の上をねちっこいタッチで這い回る。テレビさえ点けていないリビングには、湿っぽい音と息遣いだけが響いている。

ああっ、きっ、気持ちよすぎる……こんな……。

翼は喉元を痛いくらいに大きくのけ反らせた。下半身から全身に広がっていく蕩けるような快美感に、剝き出しになっている臀部にぎゅっと力がこもる。

肛門の辺りに力を込めて踏ん張っていないと、情けないことだが膝から崩れ落ちそうになってしまう。

それほどまでに下半身を覆い尽くす快感が凄まじい。長年の恋人だったはずの右手など、執念ぶかささえ感じる舌使いの快感に比べたら、赤ちゃん用のおしゃぶりのように思えてしまうほどだ。

「あっ、うはあっ……」

翼は臀部に力を込めたまま、全身を硬直させた。少しでも気を抜いたら、自分の意志とは関係なくペニスの先から欲情の液体が怒涛の勢いで迸ってしまいそうだ。

そうなったら、自分が嗅いだとしても顔をしかめるような青臭い樹液を、藍子の口の中に発射してしまうことになる。それだけは避けなくてはならない。

翼の頭の中にあるのは、その思いだけだ。それにもかかわらず、肉茎に舌先を巻きつけられて、ちゅぷぷっという水っぽい音を立てながら執拗に吸いしゃぶられると、どうにもこうにも我慢ができなくなってしまう。

「ああっ、だっ、だめですっ……」

喉元を大きくのけ反らせながら、翼は喉の奥に引っかかったような唸り声をあげた。淫嚢の裏側辺りがびくびくと痺れるような快美感を押し殺そうとしても、限界点はとっくに超えている。

「だっ、だめですっ……もっ、もうっ……」

翼は下腹部を引いて逃れようとしたが、藍子は両手で下半身を抱きかかえ、これでもかとばかりに食いついたまま、絶対に離れようとはしなかった。

「あっ、ああっ、もっ……もう……でっ、射精ちゃうっ……！」

翼は甲高い声をあげると、全身をわなわなと戦慄させた。まるでペニスがいつもの二倍くらいに膨張しているような錯覚を覚えてしまう。その先端から解き放たれた欲望の液体が、生温かい口の中目がけてどびゅ、びゅっびゅっと迸る。

それは自分でも顔をしかめてしまうような、栗の花の匂いを連想させる液体だ。それなのに、藍子は口の中に放出された液体をたじろぐことなく受けとめた。それどころか、放出するリズムに合わせるように頬をすぼめ、じゅるっ、じゅじゅっと尿道口からリズミカルにすすりあげる。

あまりの心地よさに膝から力が抜けてしまう。翼は腰砕けになるという言葉の意味を、生まれてはじめて実感した気がした。翼の腰の辺りに両手を回していた藍子も、尿道口の中に充満していた液体を一滴残らず吸い尽くすと、ようやく力を緩めた。

「ああん、ずいぶんと濃いのね。若いタンパク質がたっぷりで、お肌がツヤツヤになっちゃいそうだわ」

わずかに白濁液に濡れた口元を拭うと、藍子は少し得意げに笑ってみせた。藍子の視線は肉柱に注がれたままだ。妖艶な人妻からのフェラチオは刺激が強すぎたみたいだ。あっけないほど容易くどろっとした精液を放出してしまったとはいえ、二十四歳の若牡のペニスは少しも萎れる気配はなかった。

「一回、抜いておいたほうがいいでしょう。物凄く濃いんだもの。もしかして、ずいぶんと溜まっていた？」

　膝立ちになっていた藍子はゆっくりと立ちあがった。その口元からは、何度も嗅いだことがある樹液独特の匂いが漂っている。それが青臭い樹液を躊躇うこともなく、飲み込んでくれたことを実感させた。

　藍子は目を伏せると、キスをせがむようにまぶたを伏せた。綺麗な弧を描くまぶたが震えている。

　普通に考えれば、キスとフェラチオの順番が逆だ。しかしそんなことに気付く余裕さえない。翼は躊躇うことなく、ルージュで彩られた唇に己の唇を重ねた。

　ほんの少し前に藍子がペニスを執拗に舐めしゃぶり、鼻先をつく匂いを放つ樹液を飲みくだしたことなど少しも気にならなかった。

　むしろ、自身でさえも少し抵抗を覚えてしまう白濁液を、喉の奥深く、それどころか胃の腑に流し込んだことに感動すら覚えてしまう。

　キスの経験すらない翼は、唇をそっと重ね合わせることしかできなかった。そんな翼をリードするように、藍子は唇を開くと舌先を伸ばし、重なった唇の表面だけではなく、かすかに上下に開いた前歯まで丁寧に舐め回す。

　前歯を少し強引に上下に押し広げると、上顎の内側まで舌先を伸ばしてくる。少し骨ばったような上顎の内側に舌先が触れると、まるで全身の毛細血管先端にまで心地よさがぴりぴりと走るような気がした。

「あっ、ああっ……」

翼の唇からくぐもった声が洩れる。これでは、まるで男と女の立場が真逆みたいだ。それでも一度精液をたっぷりと放出したことで、翼の心身に多少なりとも余裕みたいなものが生まれ始めていた。

翼は藍子の舌使いを真似るように、ゆっくりと舌先を動かした。生温かい口内粘膜とにゅるりと巻きついてくる舌先の感触。それを味わうように舌先を縦横無尽に揺さぶり絡（から）みつかせる。

ふたつの舌先は隙間がないほどにねっちりと絡みあい、互いの唾液（だえき）を音を立ててすり合う。舌先が蠢くたびにわずかに漂う青臭い樹液の香りが、淫靡な気持ちをいっそう盛りあげる。

「ああん、立っていられなくなっちゃいそうっ……」

藍子は切なげに頭を左右に揺さぶると、翼の背中に両手を回してきた。女らしい仕草が翼の男としての自尊心をくすぐる。

翼も藍子の背後に両手を回すと、指先の感覚だけを頼りに双子（ふたご）のような丘陵を覆い隠すブラジャーの後ろホックをなんとか探り当てた。

　ブラジャーのホックを、指先の感覚だけで外すのは至難の技だ。けれど、すでに童貞（チェリー）だと告白しているとはいえ、すべてを手取り足取り指南されるのは、男としての沽券（こけん）にかかわる気がした。

　指先に神経を集中して、背筋からかすかに浮かびあがらせるようにしてブラジャーのホックをぷちんと外すと、乳房の重みを支えていた肩紐が緩み、カップの中に窮屈そうに収まっていたまろやかなふくらみがこぼれ落ちてきた。

　ブラジャーから解き放たれた乳房が誇らしげに胸元で揺れている。性的な昂（たか）ぶりによって、乳首はすでに筒状にしこり立っていた。

　翼は柔らかに揺れる乳房を右手で支え持った。手のひらから溢れるほどの見事な量感だ。三十代後半に相応（ふさわ）しく、乳首の色合いは淡いピンク色ではなく、やや濃いめのセピア色だ。それが妙に生々しく思える。

　翼は蠱惑的に揺れる乳房に、指先をむぎゅっと食い込ませた。まるで上質の餅菓子を感じさせる感触。指先に力を込めると、まるで高反発のスポンジのように押し返してくる。

「そんなふうにされたら、はぁん、立っていられなくなっちゃうっ……」

牡の本能を煽り立てるような声で囁くと、藍子は翼の体躯にしなだれかかってきた。

「ねえ、ソファに連れて行って……」

翼の耳元で囁く。外からは見えないように、庭に面した窓にはミラータイプのカーテンがかかっている。リビングの中には革張りのソファ以外には、身体を横たえられるような場所はなかった。

縺れあうようにして、やや赤みが強いブラウンの革張りのソファに雪崩れ込む。温かみのあるソファの色が、藍子の肌の色をいっそう魅惑的に見せていた。

「ねえ、はじめてだっていうのは本当なの？」

藍子は翼の耳の穴を舌先でちろりと舐めながら囁いた。いまさら嘘をついても仕方がない。余分な見栄を張ったところで、経験がないのだから年上の藍子に全てを委ねた方がいいに決まっている。翼は小さく頷いた。

「本当にいいのね。あーん、はじめてだなんて聞いたら余計に興奮しちゃうわ。いいのね。翼くんの童貞をもらっちゃって？」

ソファの上で縺れあいながら、藍子はうわずった声で囁いた。貰っちゃうという言いかたが、いかにも年上の女という感じだ。

童貞という単語が改めて胸にずしんと響く。それは藍子も同じなのだろう。悩ましげな吐息を洩らすたびに、巨乳が淫らな好奇心にたぷんたぷんと弾んでいる。

　翼は目の前で牡を誘うように揺れる右の乳房にむしゃぶりついた。舌先をちろちろと舐め回すと、藍子の声のトーンが高くなる。

「はぁんんっ、気持ちがいいわ。そっと乳首の根元に歯を立ててみて。あーん、そっとよぉっ」

　藍子は淫らなおねだりをすると、こんもりとした稜線を描く胸元を突き出した。言われるままにつきゅんとしこり立った乳首の根元に軽く前歯をあてがう。

　乳房は蒸したてのパンのようにもっちりと柔らかいのに、その頂点に息づく乳首はまるでグミみたいに歯を押し返してくる。

「はあ、感じちゃうっ……」

　藍子はまぶたを伏せたまま、うっとりとした声を洩らした。艶めいた声を聞くと、翼だって男だ。童貞とはいえ、もっともっと悩ましい声をあげさせたくなる。

　翼は左の乳首の付け根を前歯で甘噛みしたまま、にゅんっと突き出したその表面を舌先でゆるゆると舐め回した。

　さらに右手で左の乳房を鷲摑みにすると、少し荒っぽい感じで揉みしだく。左右の乳房にタッチの違う愛撫を受け、藍子はソファの上で髪を波打たせた。やや汗ばんだ額や頬に張りつく髪の毛が、彼女の昂ぶりを表しているみたいだ。

「童貞だなんて言っているけれど、翼くんって意外とエッチなのね」

「エッチは藍子さんのほうですよ。童貞だって聞いた途端に目の色を変えるんですから」

「だっ、だって……、童貞だなんて聞いたら、身体の奥が火が点いたみたいに熱くなっちゃったんだもの」

藍子は胸元を喘がせながら、悪びれるようすもなく言った。初物(はつもの)というのは、男女を問わず魅力的な響きを持つものらしい。

藍子はすでにオレンジがかったピンク色のショーツしか着けていない。女らしい丘陵を描くショーツは品のいいセミビキニタイプだ。乳房への愛撫を受けたことによって、ショーツで隠している秘密の花園から甘酸っぱい匂いが漂っている。

それは嗅げば嗅ぐほどに男の本能を煽り立てる、熟れきった牝が放つフェロモンの香りだ。翼は鼻を鳴らして、魅惑的な性臭を胸の奥底深く吸い込んだ。甘さの中に酸味を含んだ匂いに発奮するように、丸出しになっているペニスがびゅくんと上下する。

「翼くんのオチ×チンを見ていると、我慢ができなくなっちゃいそうよ」

藍子はうわずった声で囁いた。三人がけのソファとはいえ、男女が身体を横たえるには少々手狭なのは否めない。

「ああんっ、さすがに狭いわね」

翼に組み伏せられていた格好の藍子は身体を揺さぶって這いだすと、今度は翼の胸の辺りに跨った。今度は翼がソファに背中を預ける格好だ。

翼の身体を跨ぐように膝立ちになっているので、わずかに視線を藍子の下腹部に向けただけで、太腿の付け根を覆い隠しているクロッチ部分を垣間見ることができる。

そこには女の切れ込みの形を再現するみたいに、縦長のシミが浮かびあがっていた。水分をたっぷりと含んだ生々しい形のシミからは、濃厚な牝の匂いが漂ってくる。翼の視線はそこに釘づけになっていた。

こんな時代だ。ネットなどの二次元では何度も見たことがある。しかし、ほんの少し手を伸ばせば届く距離で、生身の女の蜜唇を拝んだことは一度としてなかった。

芳醇な香りを放つ二枚重ねのクロッチの奥には、甘蜜を滴り落とす神秘的な泉がある。翼の胸の中に、卑猥な妄想が叢雲のように広がっていく。

「はあんっ、お股をあんまり見つめられたら、余計にエッチなオツユが溢れてきちゃうじゃないっ」

藍子は長い髪を振り乱すと、折れそうなくらいに背筋を大きくしならせた。乱れた息遣いに合わせ、突き出した胸元が大きく弾む。

「ねえ……」

藍子が胸元を上下させながら囁く。藍子は視線を落とすと、翼の瞳をじっと見つめた。

「見たいんでしょう？　わたしだって感じてるのよ。だったら、あなたの口から見たいって言って……」

「みっ、見たいって？」

「意地悪なのね。わかってるんでしょう。オマ×コが見たいってはっきり言ってよ」

藍子の口から飛び出した卑猥すぎる単語に、翼の喉元が大きく蠢いた。日頃は品のいい奥さまとしか思えない藍子の口から放たれた四文字言葉に、粘り気のある淫液を滲ませるペニスがこくんと頷くみたいに、素直すぎる反応を見せてしまう。

「やっぱり、お口よりもオチ×チンのほうが正直なのね」

翼の胸の辺りに跨って、その身体を舐めるように観察していた藍子は嬉しそうに口元を緩めた。

「男の子はね、素直なのが一番よ」

そう言うと、翼の額を指先で軽く弾く。

「あーん、見られちゃうのね」

藍子はセミビキニタイプのショーツの両サイドに指先をかけると、桃のようにぷりんとしたヒップからゆっくりと引きおろしていく。翼はこれ以上は開かないほど大きく目を見開いて、その仕草を見守った。

少しずつ秘めた部分が明らかになっていく。しかし、翼の身体を跨いでいる以上、ショーツを完全に脱ぎおろすことはできない。藍子は翼の胸元に右手をつくと、左手でショーツを左足からずりおろした。これでショーツは右足に引っかかった形になる。

「あっ、ああっ……」

右足に引っかかってはいるものの、ショーツのクロッチ部分は股間から完全に離れた形になった。二枚底のショーツの船底と秘唇の間には、いまにも途切れそうな銀色の糸が引いている。

翼は呼吸を乱すばかりだ。二次元では見ていたとはいえ、三次元で目の当たりにする女の切れ込みは目の前に迫ってくる迫力が全く違う。

二次元では匂いなどを感じることはできないが、藍子の蜜唇からは鼻先をこすりつけたくなるような淫靡な香りが漂っている。

藍子は右膝をわずかにあげると、縮れた草むらが生い茂る下半身を左右に振って、愛液まみれのシューツをするりと剝ぎ取った。

「ああぁっ……」

翼は唸るような声を洩らした。柔らかそうな縮れた毛が繁る太腿のあわいがあからさまになっている。牝丘だけではなく、大淫唇を隠すようにやや短めな毛が生えている。うちに秘めた淫情と比例するように、恥毛はやや濃いめに思えた。

ふっくらとした柔らかそうな桃割れの隙間からは、ひらひらとした二枚の花びらが花弁をちらりと覗（のぞ）かせている。

花びらの合わせ目の辺りには、可愛らしい直径一センチほどの豆粒のような突起も垣間見ることができる。藍子がかすかにヒップをくねらせるだけで、鼻腔の中に忍び込んでくる熟れきった牝の香りが強くなる。

「女のココを見たのははじめて？」

翼の胸元に跨った藍子はミステリアスな表情で翼を見つめた。瞳の奥に宿る赤みを感じる輝きに、胸を射抜かれたように息が荒くなってしまう。

「翼くんって、やっぱり可愛いわね」

唇の両端をきゅっとあげて笑うと、藍子は両手の指先を太腿の付け根へと伸ばした。翼は胸元を上下させながら、その指先を凝視している。

にゅるんっ。濡れそぼった大淫唇に触れただけで、指先が卑猥な音を奏でた気がした。翼はごくりと息を飲み込んだ。

太腿のあわいに伸びた指先が、二枚の花びらをゆっくりと寛げる。濃いめのピンク色の花びらの内側はよりいっそう赤みが強かった。極上の牛刺しの色合いとでも言えばいいのだろうか。二次元で見るのとはまったく違う生々しい牝花の色や鼻先を虜にする芳しい香りに、思わずくぐもった声が洩れてしまう。

花びらの下部には、ちゅんと唇を閉ざした膣口が見える。キスをねだるような可憐なすぼまりは、とても勃起した男根を受け入れられるようには思えない。

「翼くんのオチ×チンが欲しくて、欲しくてたまらなくなっちゃう。見られてると、余計に濡れちゃうの」

藍子は熟れたヒップを左右にくねらせながら囁いた。その言葉どおり、唇よりも遥かに赤い粘膜色の膣口から潤みが強い蜜液がじゅわりと滲み出すのがわかる。

「ねっ、欲しくてたまらないの。わかるでしょう？」

そう言うと、藍子は悩ましい吐息を吐き洩らしながら、少しずつ翼の腰の辺りへと移動した。

興奮しきった翼の肉柱は、いまにも下腹につきそうなほどの角度で反りかえっている。藍子は右手で翼の肉柱をきゅっと摑んだ。

ああっ、藍子さんのオマ×コに入っちゃうんだ……。

翼は大きく目を見開いた。濡れまみれた淫唇を割り広げた指先は、ねっとりとした甘蜜が絡みついている。ぬるついた指先で優しく触れられただけで、硬くなりすぎたペニスがずきずきと鼓動を刻むみたいだ。

「硬いのね。触っているだけでも、あーん、ヘンな気分になっちゃいそうっ……」

藍子は声をうわずらせると、鈴口から先走りの液を噴きだす亀頭をぷっくりとふくれあがったクリトリスへ当てがった。まるで、敏感な部分同士をキスさせているみたいだ。

膝立ちになった藍子は、優美な曲線を描くヒップを∞の字を描くみたいに振り動かしながら、淫核と亀頭をゆるゆるとこすり合わせている。

「ああんっ、気持ちいいっ……クリちゃんが……じんじんしちゃうぅっ……」

スローなテンポで腰を揺さぶりながら、藍子は狂おしげに髪の毛を振り乱した。たぷたぷと揺れる乳房が、ソファに仰向けになった翼の視覚を直撃する。男というのは女以上に視覚による興奮に弱い。

藍子のフェラチオによって一度放出していなければ、秒殺で白濁液を噴射していたに違いない。

　全身を前後左右にしどけなく振り動かしながら、藍子は翼のペニスをもてあそんでいる。翼が百戦錬磨の経験がある男ならば、魅惑的な曲線を描くヒップをがっちりと摑んで、腰を前に突き出して強引に挿入しているところだろう。

　しかし、実体験のない翼にはそんなことを思いつくような余裕すらなかった。ただただ、藍子の腰使いに身を委ねて押し寄せてくる快感を貪（むさぼ）るだけだ。

「オチ×ンチンでクリちゃんを悪戯するのも気持ちがいいんだけれど、それだけじゃ、我慢できなくなっちゃうっ。表面じゃなくて、もっともっと深いところに欲しくなっちゃうの。女って男が思うよりも、ずっと欲張りな生き物なの……」

　翼のペニスを摑む藍子の指先にいっそう力がこもる。これから起こるであろうことを想像しただけで、翼は胸元を喘がせた。女とは違う小さな乳首が、まるでペニスのようにきゅっとしこり立っている。

「ああん、いいのね？　翼くんのはじめてを……もらっちゃうんだからぁ」

　藍子は右手で支え持ったペニスの先端に、潤（うるお）いきった膣口をぎゅっと押し当てた。体重をかけるようにして少しずつ、少しずつ飲み込んでいく。

「あっ、うあっ、あったかくて、ぐちゅぐちゅで……これって……これって、ヤバすぎるぅっ……」

ペニスを包み込む膣壁の感触に、翼は顎先を突き出して感極まった声をあげた。小学校高学年で自慰を覚えて以来、右手は最高の恋人だと思っていた。

しかし、固まりかけのゼリーのような、生温かいぬるぬるとした蜜肉でペニスをじゅっぽりと包み込まれる快感は、オナニーとはとても比べ物にならない。

「こっ、こんなの……きっ、気持ちよすぎる……」

翼は喉を絞った。知らぬ間に両の太腿や拳に力がこもる。気を抜いたら、たちまちの内に、牝蜜でぬめ返るヴァギナの中に煮え滾った若汁を乱射してしまいそうだ。

「ああんっ、いいわあっ、こんなに硬いなんて……オマ×コがずりずり抉られちゃいそう……でも、それがたまらないわぁ……」

藍子は翼の胸に両手をついた。熟れ尻を楕円形を描くように振りながら、若牡の猛々しさをじっくりと味わっている。前のめりで肢体で前後させるたびに、乳首が尖り立った柔乳がぷるんぷるんと弾む。

翼は反射的に揺れる乳房を摑むと、身体の奥底から込みあげる快感を堪えるように、指先をむぎゅと食い込ませた。

指先を食い込ませたことで、いっそう媚壺がペニスを締めつける。それは、いままで翼が味わったどんな心地よさよりも、心を蕩けさせるようなものだ。

「ああっ、気持ちいいっ、いいわ、膣内でオチ×チンがびくびく動いてるのがわかるわ……」

「そっ、そんな……藍子さんのオマ×コ、ヤバいです。ヤバすぎです。とろんとろんなのに……きゅんきゅんと締めつけてきて……」

ソファの上で深々と繋がったまま、ふたりは喉元を反らし甘美の声を迸らせる。

「いいわ、そこよ。感じちゃうの……もっともっと奥まで、奥までよ。めいっぱい、突き上げてぇ……」

藍子の声が翼を勇気づける。翼は藍子の尻をがっちりと両手で掴むと、その深淵目がけて肉柱の先端を打ちつけた。

「ああっ、気持ちいいっ、そこよっ、そこっ……」

翼の腰の上に跨った藍子は、下半身をぐりんぐりんと押しつけてくる。媚肉の密着感がいっそう強くなる。

「うあっ……もうっ……」

たまらず、翼が悲鳴にも似た声をあげた。濃厚なフェラチオで搾り取られたとはいえ、二度目の絶頂が確実に押し寄せてくる。

「気持ちいいの？　わたしだって……ヘンになっちゃってるの。あぁん、どうにかなっちゃいそうよぉ」

喜悦の声を迸らせながら、藍子は体重をかけるようにして翼の肉茎の先端に、クチバシみたいな硬さをみせる子宮口をぐりぐりと押しつけてくる。あんなにも愛らしく思えた膣口の奥深くに潜んでいた、性欲の源を思い知らされた気がした。

「気持ちがよすぎて、このままどうにかなっちゃいそうよ……。ねえ、見て。こんなに深く入っちゃってるのよ……」

藍子は甘ったるい声を洩らすと、翼に見せつけるように指先で男女の結合部分をまさぐった。

藍子の指先が、クリトリスの包皮を剝きあげるように下から上へと引っかくように愛撫する。その途端、ペニスを締めつけていた女壺の締まりがぎゅんと強くなった。

「うわっ、こんなのキツすぎるっ。だっ、だめですって……こんなぁ……」

翼は顎先を天井に真っ直（ま す）ぐに突き出して、情けない声を洩らした。肛門に入れた力を抜いたら、即座に暴発してしまいそうだ。翼は自身の足の指先が不自然に動くのを感じた。どんなに抑えもうとしても、射精感は着実に近づいてくる。

それでも翼は必死に暴発を抑えた。藍子は翼の上で桃尻を揺さぶりながら、クリトリスを指先で弄っている。蜜壺の締まりは、どんどん強くなっていくばかりだ。

「ああっ、これ以上は……」

翼は切羽詰まった声を洩らした。限界なのは翼も一緒だ。翼は眉頭に深い皺を刻んで必死に耐えている。

「ああ、いいっ、たまんないっ！　いいっ、イクッ、イッちゃうーっ……！」

ロデオに勇ましく跨ったかのような格好の藍子は喜悦の声を迸らせると、いきなり全身をわなわなと震わせた。絶頂を迎えた藍子の秘壺が、深々と咥え込んだ肉杭をこれでもかとばかりにぎゅんぎゅんと締めつける。

堪えようと思っても、まるで鈴口にはめた栓が吹き飛ぶように樹液がどびゅっと噴きあがった。

どっ、どくっ、どびゅびゅっ……。

口唇愛撫で一度放出しているとはいえ、若さを持て余すミルクタンクからは信じられないほど大量の精液がとめどもなく噴き出してくる。

「ああっ、いっぱい、射精てくるっ、あっついのが……射精てくるうっ……！」

藍子は肢体を大きくのけ反らせながら、女の深淵で煮滾けた樹液を受けとめた。樹液の熱さに官能するように身体を小刻みに震わせると、藍子は力が抜けたみたいに翼の体躯の上にふわりと崩れ落ちてきた。

「あーん、オマ×コの中でオチ×チンが……まだびくんびくんいってる……うっ、動いてるぅ……」

藍子に求められるままに、再び唇を重ねる。すでに口元からは樹液の香りは消え、女らしい口臭が伝わってくる。

女にとってのキスは、恋愛感情の確認作業のようなものらしい。舌先で淫靡な音を奏で、その柔らかさを十分すぎるほど味わうと、藍子は名残惜しそうに唇を離した。


あまり広くはないソファの上に横たわったまま、セックスの余韻を味わうように互いの身体を密着させ温もりを味わう。

おかしな話だが、情事が終わった途端に藍子が何事もなかったかのように衣服を整えはじめたら、翼は自分が年上の女に都合よく遊ばれたように思っただろう。

夢見る乙女だけではなく、男だって初体験は甘い思い出として心に残しておきたいものなのだ。

翼はうっすらと汗が滲む、ふにゅふにゅとした乳房の谷間に顔を埋めた。甘えてくる年下の男の髪を、藍子は愛おしげに指先で梳きながら、やや乱れがちな呼吸を吐き洩らした。

　何度か深呼吸を繰り返すと、ゆっくりと口を開いた。

「わたしの家が、はじめての個人契約だって言っていたでしょう？」

「確かに、そうですけど……」

「どうかしら。わたしの知り合いが家政婦を探しているのよ。お願いするとしても週に一度くらいだけど」

「えっ、いいんですか？」

「もちろん、あなたの会社を通しての話になると思うんだけれど、悪い話ではないと思うわ」

「でも、それは会社に聞いてみないと……」

「それは大丈夫だと思うわ。わたしからの推薦だと言っておくから。ただ、そのお宅っていうのが少し変わっているのよね」

「えっ……？」

「彼女はわたしと同じようにワークショップをしているの。わたしは料理だけど、彼女はライターの養成講座をしているのよ。いままでは自宅ではなくてカフェをスタジオ代わりに借りていたんだけれど、やはり自宅で開講したいんですって。でも、彼女は仕事に追われると、家事が後回しになってしまうタイプなのよ。だから、家政婦さんをお願いしたいんですって」

「ライターさんですか？　もしかして気難しいところがあるとか……」

「大丈夫よ。原稿の〆切の直前以外は温和なタイプだから。確か三十二歳だったかしら。スレンダーな美人さんよ。そうね、あとは相性次第かしらね？」

「あっ、相性って……」

「あなたの会社のコーディネーターさんも言っていたでしょう。こういうサービスには相性が大切だって……」

不安そうな表情を浮かべる翼に、満面の笑みを浮かべると藍子はもう一度唇を重ねた。

第二章　好色ライター妻の肉欲

　藍子から新しい得意先を紹介してもらえるかも知れないということを伝えると、翼のトレーナー兼コーディネーターを務めている麻奈美はかなり驚いたようだ。

　顧客が新しい得意先を紹介するということは、それだけ信頼を得ていることに他ならないからだ。

　新しい得意先候補の大井紗理奈（おおいさりな）が暮らす家は、藍子が暮らす同じ高級住宅街の中にあった。紗理奈もワークショップを開講している人妻たちのグループのメンバーのひとりだ。

「上手くいけば、ワークショップをしているご家庭をいっきに顧客にできる大チャンスかも知れないわ」

　麻奈美はいまにも踊り出しそうなほどに舞いあがっている。早速先方に連絡を入れると、お試し作業をして仕事ぶりを確かめてもらう運びとなった。

藍子宅を訪れたときには右足と右手が一緒に出てしまうほどに緊張していた翼だったが、今回は二度目ということもあって多少は気持ちにも余裕ができた。もちろん、藍子からの紹介ということも大きい。

会社の資料と家事のための用具を抱え、翼は麻奈美とともに紗理奈宅を訪れた。外壁がコンクリートの打ちっぱなしの住宅は、まるで映画のワンシーンに登場しそうに思えた。

約束の時刻からわざと五分ほど遅れてインターホンを鳴らすと、ほどなくして少し慌てた感じの声で応対があった。

「ごめんなさいね。ちょっとというか、だいぶ散らかっているんだけど……」

玄関を開けるなり、紗理奈は少し恥ずかしそうな感じで一階の奥にあるリビングへと案内した。職業柄、顧客の家の事情には立ち入らないようにしているし、必要がない限りは室内をじろじろと観察するようなこともしない。

広めのリビングはお洒落（しゃれ）な感じなのだが、とにかく物が多く、雑然とした印象だ。

ソファセットや食事用のテーブルは置かれているが、部屋の半分ほどのスペースは紗理奈の仕事用の道具類で占拠されている。

壁際（かべぎわ）にはオーディオセットやプリンターなどが置かれた棚が陣取っている。どうやらテレビやＤＶＤを視聴しながら、作業をしているらしい。オーディオセットの前には、高さが可動するタイプのテーブルとゲーミング用の椅子が置かれていた。

これではリビングというよりも仕事場みたいだ。

「ごめんなさいね。わたしはライターをしているんですが、いまは仕事がちょっと切羽詰まっていて、なかなか家の片付けもできなくて。それで、藍子さんから紹介をしてもらったんです」

そう言いながら、紗理奈は冷蔵庫から缶コーヒーを取り出すと、翼たちの前に差し出した。コーヒーや紅茶などを淹れる時間も惜しいようだ。

「いまはネットなどに記事を書くライターさん志望の女性も多いので、そういうかたを対象にワークショップをしているんです。実際に仕事に結びつかなくても、いまはメールでやりとりをすることも多いので、最低限の文章を書くための知識を身につけたいというかたもいますし」

紗理奈は生成りのブラウスに、濃いめのブラウンのスカート姿だ。ひときわ目を引くのが、左側が短く右側が長いアシンメトリーなボブカットだ。左右で十センチほど長さが違う個性的な髪形と、銀縁の眼鏡が知的な雰囲気を醸し出している。

仕事が切羽詰まっているという言葉のとおり、とりあえず訪問客が訪ねてくるので慌てて身なりを整えたという印象だ。化粧をする時間も惜しかったのだろう。口元に軽くルージュを塗っているが、目元はノーメイクのようだ。それでも眉毛が綺麗に整っているせいか、スッピンだと思われることはないだろう。

　ほとんどメイクをしていない状態でもメイクをしているように見えるということは、元々の顔立ちが端整だということだ。藍子が美人だと褒(ほ)めていたのも納得ができる気がした。

「弊社ではまずお試しということで、仕事ぶりを確認していただいているのですが、よろしいですか？」

「ええ、ただわたしも仕事があるので、向こうのテーブルで仕事をしていてもいいかしら」

「それはもちろんです。お仕事のお邪魔にならないように、希望される内容に沿って作業をさせていただきます」

　紗理奈は作業用の指示書に視線を落とすと、希望する作業内容に印をつけていく。紗理奈自身が言っていたとおり、今後は自宅でワークショップを開講するために特にリビングなどの片付けを希望しているようだ。

　作業を開始すると、すぐに問題が露呈(ろてい)した。紗理奈はライターをしているというが、とにかく資料類や印刷された書類が至るところに置かれているのだ。

　空き缶や空き瓶など明らかに不用品やゴミとわかるものは処分できるが、資料などの類となるとまったく判断がつかない。

「お客さまのご事情もあるかと存じますので、本来は坂崎がひとりで作業をするのですが、今回は特別にわたしも作業に加わらせていただきます。資料やプリントアウトされたものについては、わたしどもでは判断がつきかねますので、ある程度種類別にまとめさせていただかせてよろしいでしょうか？」

　状況を見かねて、麻奈美が助け舟を出してくれた。翼ひとりだとしたら、どこから手をつけていいものか思案に暮れているところだ。そこで麻奈美が紙モノの整理をし、翼がシンクやレンジ周りなどの清掃からはじめることになった。

　さすがはベテランの社員の麻奈美だ。翼ならば目にするだけで逃げ出したくなるような資料の山を手早く分別し、ジャンルごとに積みあげていく。

　麻奈美が手伝ってくれたお蔭で、雑然としていた部屋も形になっていく。

「わあ、さすがはプロのお仕事だわ。これだったら是非ともお願いしたいわ。主人は割とおおらかなほうなのだけど、あまりにも乱雑になっていると、こんな部屋じゃ寛げもしないって叱られてしまって……」

紗理奈はノートパソコンに向かって作業をしながらも、作業をする翼たちのようすをちらちらとうかがっていたようだ。作業の進んだ部屋の変わりように、紗理奈は感激したように手を打ち鳴らした。

「お仕事柄、資料などが多いのは仕方がないかと存じますが、ワークショップを自宅で開講されるとなると、生徒さんには見られたくないものもあるのではないかと思うのですが？」

資料を幾つかの山に仕分けた麻奈美が口を開いた。

「そうなのよね。確かに見られたくない物も少なくないわ。わたしって子供の頃から片付けが苦手だったのよね。結婚したらなんとかなるかと思ったけど、結局ならなくて……」

麻奈美の言葉に紗理奈はため息をついた。

「そこでご提案なのですが、まずは通常の家事業務前に、リビングはご主人さまとの団欒とワークショップの場ということにして、奥さまの仕事場は別にするという模様替えをしてはいかがでしょう？」

「えっ、リビングでは仕事をしないようにするっていうこと……」

「はい、他のお部屋は拝見していませんが、リビング以外に奥さまの仕事場を作るほうが作業もはかどるような気がするのです。もちろん、その辺りのお手伝いも弊社のほうで責任を持ってさせていただきます」

「仕事場を作る……？　そんなこと、考えたこともなかったわ。独身の頃から生活の場と仕事場が一緒だったから。だけどそうね、そのほうがワークショップも開講しやすくなるわね」

「ええ、そのように感じたのでご提案させていただきました。お二階は見せていただいていませんが、外観から察するとそれなりに部屋数があるようにお見受けしますが？」

「プロのかたって、やっぱり凄いのね。一階はリビングや水回り関係がメインになっていて、客間もひとつあるの。二階は夫婦の寝室と、将来の子供部屋。それと本棚などが置いてあって、納戸のようになっているわたしの部屋があるの。その納戸を仕事部屋にしてもらえると嬉しいわ」

「承知いたしました。是非ともお手伝いをさせていただきます」

翼の目の前でどんどん交渉が進んでいく。

「それでは、その納戸を拝見させていただくことはできますか？」

麻奈美の問いに、紗理奈は一瞬戸惑った表情を浮かべたが、

「書類の整理をしてくださったのなら、おわかりになってらっしゃいますよね」

と、申し出を受け入れた。翼にはその意味はわからない。

案内された二階の納戸は八畳ほどの広さだった。壁一面に本棚があるのが、いかにもライターを職業としている感じだ。本棚にずらりと並べられた本を見たときに、翼はある種の違和感を覚えた。

本の背表紙というのは、出版社やジャンルによってサイズも雰囲気も違う。それにもかかわらず、並んでいる本の背表紙の印象が似通っているのだ。まるでシリーズ作みたいだ。

「御厨さんは勘がいいから、すでにおわかりなんでしょう。そう、わたしが書いているのは主に官能系、いわゆるエッチ系の小説なんです。官能といっても比較的ライト系のものなんだけれど……。官能小説以外の文章なども書いているので、受講生さんたちにはエッチ系の仕事をしていることは、あくまでも内緒にしているんです」

本棚を前にした紗理奈は、恥じらうというよりも誇らしげに言った。あまりにもあけっぴろげな告白に、翼は言葉を失った。それでも家政夫たるもの、極力顔には出さないように努める。

「いえいえ、こんな立派な本棚があるんですもの。絶対に素敵なお仕事部屋になります。いいえ、快適にお仕事をしていただける部屋にさせていただきます。実はわたしはインテリア・コーディネーターの資格を持っておりまして」

　麻奈美は名刺入れから資格名が記された、普段使っているものとは別の名刺を差し出した。

「嬉しいわ。仕事とプライベートの区別がつかなくて本当に困っていたんです」

　力強い麻奈美の言葉に、感激したみたいに紗理奈は縋るように手を摑んだ。


　それからの麻奈美の仕事ぶりは実に鮮やかだった。翌日には社内の別の部署などの人間を伴い、納戸を仕事部屋に変えるための見積もりや手配などを済ませた。その段取りのよさは翼が面喰ってしまうほどだった。

　麻奈美が約束したとおり、わずか一週間足らずで二階の納戸だった部屋は見事に仕事部屋に生まれ変わった。リビングの隅に置かれていたオーディオセットや作業用の机や椅子なども、二階の仕事部屋へと移動された。

　これで一階のリビングスペースからは、紗理奈の仕事用の機材などがすべて消えたことになる。

　さすがに引っ越し作業並みに色々な機材などを移動しなくてはならないので、この模様替えについては翼は携わらず、麻奈美と別の部署の人間が請け負った。

したがって、翼が目にしたのはすべての作業が終わり、すっかり印象が変わった後のリビングだった。

うわあ、まるで別の部屋みたいだ……。

模様替えが終わり、通常の家事の仕事を再開するために一人でやって来た翼は、リビングに足を踏み入れた途端、目を大きく見開いた。

住居の外観を見ただけで、内部の広さにまで考えが及ぶ麻奈美の知識や経験の豊富さに改めて感服してしまう。元々片づけられない系を自称している紗理奈なので、翼が作業をするのは基本的にワークショップを開講する前日となった。

はじめて翼が訪れた日は〆切直前とはいえ、来客に対して缶コーヒーを振る舞った紗理奈だ。しかし、自宅でワークショップを開講することをきっかけに大きく意識が変わったようだ。

元々リビングの食器棚には、六客で揃えたティーカップがあった。しかし、開講に備えて、今は数や形を揃えない、少し珍しい雰囲気のコーヒーや紅茶用のカップのセットが食器棚に並んでいた。それは紅茶用のサーバーやコーヒー用のサーバーも同じだった。

「なんだか、ずいぶんと雰囲気が変わりましたね」

「そう、そんなふうに言ってもらえると嬉しいわ。御厨さんって本当に凄い人ね。二階の納戸を仕事部屋にするなんて発想は、わたしにはなかったもの。実はリビングで仕事をすることで主人と揉めたこともあったのよ。生徒さんを招くのだから、お洒落な家だと思われたいでしょう。だから、カップ類もちょっと素敵なものに変えたの」

目先の納期を終えたのだろうか。今日の紗理奈は膝上丈のボディラインにフィットした淡いピンク色のワンピースを身に着けていた。そのせいか、ずいぶんと雰囲気が違っている。

左右で長さが異なるアンシンメトリーなボブカットとメガネのせいか、知的な印象は変わらない。だが、服装などの違いもあってか口調さえも別人のように穏やかに思える。

「明日のワークショップの予行練習に、フレンチプレスのコーヒーを淹れてみたんだけど」

ほがらかに笑うと、紗理奈は背の高い白いカップに注いだコーヒーを差し出した。

なんだろう、今日の紗理奈さん。なんとなく違って見える……。

明日からはワークショップのスペースにもなるリビングで、フレンチプレスのコーヒーを口元に運びながら、翼は紗理奈の姿を見つめた。フレンチプレスとは日本では紅茶を淹れる方法として認識されている、ポットに内蔵された金属製のフィルターを押し込んで茶葉を沈める抽出方法だ。

以前は目元にはメイクをしていなかったが、今日はパールがかったベージュのアイシャドウで彩られていた。控えめだがアイラインも引いている。マスカラの印象も重なって、今日の紗理奈は銀縁眼鏡が光る目元が特に印象的だ。

立っているときには気がつかなかったが、ワンピースは右側で留めるラップスタイルなので、ソファに腰をおろすと裾がわずかに左右にはだけ、すらりとした足の膝上十五センチほどが露わになる。

綺麗に手入れされた艶感のある太腿を目にしただけで、思わず身体が前のめりになってしまいそうになる。翼の視線を意識するように、紗理奈はゆっくりと足を組んだ。

動揺を誤魔化すようにカップに口をつけながら、翼はさりげなく室内を見回した。そうしなければ、もろに視界に人妻の太腿が入ってくるからだ。

贅沢な造りなのに無駄に物が多く雑多に思えた室内は、部屋の半分ほどを占拠していた紗理奈の仕事用の機材がなくなっただけで見違えるほど上品に見える。

「ずいぶんと変わったって思ってるって顔ね」

「えっ、そんなこと……」

　核心を突かれて、翼は返答に詰まった。麻奈美のようなベテラン家政婦ならば色々な現場を目の当たりにしているし、顧客に合わせた提案や、気の利いた会話などもできる。しかし、翼にはそんなスキルはない。ただただ戸惑うばかりだ。

「ついでだから、先輩の仕事ぶりも見てみたくない？」

「えっ？」

「納戸を仕事部屋に変えようって提案してくれたでしょう。そのお陰で、いまは素敵な仕事部屋になったのよ」

「そうなんですね」

「ええ、凄く素敵なセンスで改装してもらって、とても感謝しているわ。せっかくだから見てみない？」

　紗理奈が濡れたように輝くボブヘアをゆるりとかきあげると、ピンク色のワンピースの肩先で毛先が揺れた。紗理奈の言葉と先輩の仕事への好奇心が湧きあがってくる。

　誘われるままに、翼は二階への階段をのぼっていく。二階の一番手前は将来のための子供部屋だと聞いていた。子供部屋と夫婦の寝室の部屋の間に、紗理奈の仕事部屋がある。

リフォーム前の部屋は見たことがあったが、その扉を開けた途端、まるで別の場所に迷い込んだような気がした。

壁際に置かれていた木製の重厚な本棚は変わらない。違っていたのは本棚の他に、リビングにあったオーディオラックが設置されていたことだ。大ぶりのラックもきちんと整理され、女性が好みそうなインテリア小物が並べられていた。

「いいでしょう？　御厨さんが考えてくれたのよ。ちょっと雑に並んでいた本も綺麗に並べ直してくれたの」

紗理奈は嬉しそうに声を弾ませた。

「あっ、いやだわ。並んでる本のタイトルが気になった？」

「いや……その……」

翼は曖昧(あいまい)に答えた。紗理奈の家を訪問した後、麻奈美からエッチ系の資料や本がたくさんあるから、ヘンな気にならないようにと半ばからかうように注意されていたからだ。

それなのに、本棚にずらりと並んでいたのは、卑猥なことを妄想せずにはいられないような過激なタイトルがつけられた本ばかりだった。

「もしかして、本のタイトルを見て、いやらしいことばかり書いてるんだって思ってる？」

「いや、そんな……」

真っ直ぐすぎる紗理奈の問いに、翼は言葉を濁した。

「そうね、エッチな小説を書いているのは本当のことだわ。でも、ジャンル的にはライトアダルトって呼ばれるような軽めのものよ」

「そっ、そうなんですか……」

翼は言葉のやり取りに困ったように視線を落とした。まともに紗理奈の顔を見ることができない。

「もう、童貞くんでもあるまいし、これくらいのことで動揺しないでよ」

紗理奈はアンシンメトリーの髪の毛をかきあげながら、さらりと言ってのけた。人妻の口から唐突に飛び出した、童貞という扇情的な単語に胸がどくんと音を立てる。

脳裏に藍子から受けた手ほどきが生々しく蘇ってくる。それを思い出しただけで、身体が勝手に反応してしまいそうだ。

「エッチって妄想の産物でしょう。よほど特殊な性癖の持ち主ならばまだしも、ノーマルなエッチばかりだと想像するにも限界があるのよね。それで、たまに煮詰まっちゃったりもするのよ」

紗理奈は理路整然と言い放った。

「でも、それって……」

紗理奈が人妻であることは、藍子から聞いていた。左手で鈍く光る指輪が、彼女が他人（ひと）のものであることを雄弁に物語っている。

「だから、エッチのバリエーションが増えるようにと、色々な資料を揃えたりしているんだけど……」

紗理奈はまるで他人事のように言ってのけた。

「えっ、なんですか？」

「ねえ、お願いがあるの……」

「この間、ネット通販でちょっとした道具を買ったんだけれど、まだ試す機会がなくて困ってるのよね」

「そっ、それってもしかして……」

意味ありげな物言いに、翼は声がわずかにうわずるのを覚えた。

紗理奈は仕事部屋のクローゼットをゆっくりと開けた。外観よりもクローゼットの中は広く、プラスチック製の収納ケースなどが何個も重ねて置かれている。

「さすがにこれだけは恥ずかしいから、以前から納戸にしまっておいたのよね」

翼のほうを振り返ると、紗理奈は目元をわずかに染めた。収納ケースの中から黒っぽいものを取り出す。

「それでね、これを試したいのよ」

紗理奈が手にしたのは、手枷のようなものだった。

「あの……それって……」

「見ればわかるでしょう、手枷よ。でも、これはちょっと変わっているのよ。こっちのつっかえ棒に帯状のベルトがついているパーツがあるでしょう。これをドアの上部に引っかけて扉を閉めると、固定できるようになっているの。それに手枷を連結すれば、万歳をした状態で動けなくなるっていう優れものよ」

道具を手にした紗理奈は、まるで新しい玩具を手に入れた子供のようにはしゃいだ声をあげた。少し背伸びをすると、ドアの上部にベルトを渡すようして扉をガチャリと閉めた。

まるで閉めきった扉の上から、手枷がふたつぶらさがっているような感じになる。本棚や机が置かれた仕事部屋のはずなのに、手枷があるだけで急にSMチックな部屋に変わったように思える。

「えっ、あの……」

見たこともない道具に翼は狼狽えた。ビデオなどで見たことはあるが、実際に見るのも触れるのもはじめてだ。

「うーん、どうしようかな。拘束されるとどんな感じになるかを確かめたいから、まずは扉に背中を向けて立ってもらえる?」

「あっ、あの……でも……」

「いいじゃない。困っている雇用主を助けるのも、家政夫の役目じゃないの?」

「あっ、あのでも……それは……」

懸命に抗う言葉を探そうとするが、扉からぶらさがる手枷を前にした紗理奈は上機嫌で、翼の言葉に耳を貸そうとはしない。

「さっ、まずはドアに背を向けて。右手を出して」

スレンダーな肢体をわずかに揺さぶって、紗理奈は駄々っ子のような声で囁いた。

なんと言えばいいのだろう。年上の女が甘える姿を見せられると、身体の自由が利かなくなるみたいだ。

翼は作業用のシャツとコットンのズボン姿のまま、背中をドアに預けるように立った。これからなにをされるかと考えただけで、抑えようと思っても息遣いがかすかに乱れてしまう。

「そうそう、いい感じよ」

紗理奈は声を弾ませると、翼の利き腕の右手首を摑み、手枷にしっかりと繋ぎ留めた。さらに左手首にも手枷を巻きつける。内部は柔らかいボア状の布地が貼られているので、手首に痕がつく心配もなさそうだ。

見た感じでは簡素な造りに思えたが、しっかりと金具で留められると想像していた以上に両手の動きは制限された。ドアに背中を向けて立った翼は、両手を高々と掲げた格好だ。

身体を左右に揺さぶっても、両手を繋ぎ留めた手枷を外すことはできない。両手の自由を奪われただけで、なんともいえない不安な心持ちになってしまう。

「あーんっ、素敵よ。囚われの好青年って雰囲気だわ」

翼の動きを封じた余裕からだろうか。紗理奈の口調がお姉さんっぽさを増していく。少し芝居がかったような口調を聞いていると、本当に年上の人妻に軟禁されているような気持ちになってしまうのが不思議でたまらない。

「あっ、あの……」

「なぁに、そんな顔をして。不安になっちゃった？　そんな顔を見るとぞくぞくしちゃうわ」

紗理奈は胸元を突き出しながら、ほっそりとした肢体をくねらせた。衣服の上からでもわかるほどに手足はすらりとしているのに、着物のような前合わせのワンピースの胸元が女らしい曲線を描いている。

「いいわあ。見ているだけで、ぐっときちゃう」

言うなり、紗理奈は仕事用の背もたれの高い椅子を翼の前へと移動させると、深々と腰をかけた。これで立ったままの翼を真正面から見あげることになる。

紗理奈は右足を高々とあげて足を組むと、その上に頬杖をつくような格好になった。前傾姿勢になったことで、ワンピースの胸元のふくらみが強調される。

「ねえ、どんな気持ち？」

「どっ、どんなって言われても……」

「怖い？　それとも、いやらしいことを考えちゃう？」

紗理奈は口角をあげて楽しそうに笑っている。眼鏡の奥で光る目元に宿る妖しい輝きが、不安と期待が交錯する胸を直撃する。

「試したことがなかったんだけど、案外と動けないものなのね」

「動けないのがわかったんだったら、早く外してもらえませんか？」

「だめよ、色々と試したいんだもの。せっかくだもの。作品作りに協力してくれるんでしょう」

「色々とって……」

「そうね、例えばこういうのはどうかしら？」

悪戯っぽく微笑みかけると、紗理奈はワンピースを留めている右サイドのリボンをするりとほどいた。薄手の生地はまるで乳房の弾力に押し返されるように、はらりとめくれあがる。

それだけではない。左サイドを留めていた内側のボタンも外すと、ワンピースは完全にはだけてアイボリーのブラジャーとショーツが露わになった。ストッキングは穿いていない。

ワンピースの上からでもスレンダーな肢体には似つかわしくないボリューム感を感じさせたが、明らかにDカップはありそうだ。

紗理奈は完全に前合わせがはだけたワンピースから両の腕を引き抜かず、それを羽織ったままだ。ワンピースからちらちらとのぞく上品なイメージのアイボリーのランジェリーのせいか、その身体つきがいっそうエロティックに思える。

「あっ、ああっ……」

両手を拘束された翼は身体をひねると、低く唸るような声を洩らした。見てはいけないと思えば思うほどに、好奇心で、視線が吸い寄せられてしまう。懊悩の声をあげ身悶える若者の葛藤を、紗理奈は楽しそうに眺めている。

くうっ、だっ、だめだ……。

翼は目をぎゅっとつぶって、視界からランジェリー姿の紗理奈を追い払おうとした。しかし、目を塞いだところで眼球の奥深くにしっきりと焼きついた肢体を消すことはできない。

はあっ、これじゃ……軟禁じゃなくて拷問みたいだ……。

ズボンに包まれた下腹部が、とくとくと熱い脈動を刻むのを感じる。両手を拘束されているので確認することはできないが、肉柱に血液が流れ込み形状を変えているのは間違いない。

普段は下向きに収まっている肉柱は逞しさを漲らせたことで、ポジションを変えて欲しいと訴えている。しかし、両手を塞がれていてはどうすることもできない。

下腹部を覆う鈍い痛み。まるで意地悪をされているみたいなのに、性的な興奮は高まっていくばかりだ。助けを乞うように、翼は視線で紗理奈に訴えかける。

「あんまり焦らしたら、かわいそうかしら？」

組んでいた足を飛び立つ前の白鳥の翼のように高々とあげ、紗理奈は優雅に立ちあがった。真っ直ぐに翼のほうに進むと、背伸びをするようにして耳の縁にかぷりと歯を立てた。

　耳元に熱い息遣いを感じる。甘噛みをしたまま、耳の縁をそっと舌先で舐め回されると膝がわなわなと震えてしまいそうになる。まるで女吸血鬼の獲物になったみたいな気分だ。

「あっ、はあっ……」

　自分で触っても性感帯だと意識したことがない耳元が、こんなにも敏感なことに翼自身が戸惑っていた。

「他にはどこが敏感なのかしら？　どんどん興味が湧いてきちゃうわ」

　紗理奈の声が艶っぽさを増し、女らしい指先が翼のシャツの裾をズボンから引きずりだす。第一ボタンだけを外しておいたシャツのボタンを、わざと時間をかけて上からひとつずつ外していく。

　シャツの前合わせがはだけると、紗理奈はインナーシャツをずるりとたくしあげた。

「オチ×チンだけじゃなくて、おっぱいも硬くなっているのね」

　耳にするだけで脳髄を揺さぶられるような卑猥な単語を囁くと、紗理奈は女とは違うしこり立っても五ミリほどにしかならない乳首を、舌先でべろりと舐めあげた。

翼からは彼女の後頭部が見える。さらさらとした黒髪から垣間見えるうなじの辺りから立ち昇る、いかにも大人の女な感じのウッディな香水の匂いが鼻腔を刺激する。

「はあっ……そんな……」

翼は髪を乱して悩ましい声を迸らせた。柔らかい舌先でねちっこく愛撫されると、背筋に快感の波がざわざわと這いあがってくる。小さい乳首はこれ以上はないほどに硬く尖り立っていた。

年下の男が見せる反応が新鮮なのだろう。紗理奈は翼の反応を確かめるように、舌先を執念ぶかくまとわりつかせてくる。

巧みな舌使いに変化を見せているのは乳首だけではなかった。ズボンのファスナー部分を押しあげるように、肉柱が血液をぱんぱんに滾らせていた。ズボンによって強引に押さえつけられているみたいだ。

「ああっ、紗理奈さん……」

翼はもどかしげに下半身を揺さぶってみせた。ついこの間までは正真正銘の童貞だったのだ。男と女の駆け引きなどできるはずもない。上手く言葉にできない翼にとっては、精いっぱいのおねだりのポーズだ。

「ふふっ、お股が大変なことになっているみたいね」

「だっ、だって……」

翼は苦悶の声を洩らした。このままでは硬くなりすぎたペニスが押し潰されてしまいそうだ。紗理奈は痛いほどに勃起した肉柱に、指先をぎゅっと食い込ませた。

「若いっていいわね。まるでズボンの中に、フランクフルトでも隠しているみたいだわ」

紗理奈はズボンの上から緩やかに牡茎を撫で回した。円を描くようななめらかな指戯に、家政夫としては許されないことをしているのだと頭では理解しているのに、尾てい骨の辺りから淫らな期待が湧きあがってしまう。

「く、ううっ……」

翼は切なげな声を洩らした。無理やりに下向きに押し込まれたペニスが、一刻も早く解放してくれと訴えている。まるでめりめりと音が聞こえてきそうだ。

「あんまり意地悪したら、このままズボンの中で射精ちゃうかも知れないものね」

手枷に自由を奪われた翼の憐れな声に、紗理奈はようやくズボンのベルトを外し、張りつめたファスナーを左手で押さえつけるようにしながら、ゆっくりと引きずりおろした。

ファスナーがおろされたことによって、下半身がいっきに解放感を覚える。翼は胸元を上下させた。

「このままじゃ、生殺しって感じかしら？」

作家という職業からなのか、紗理奈の口調はどこか芝居がかったようにも感じる。まるでひとり芝居でも演じているかのような、柔らかくも、どこかいかがわしさを漂わせる物腰。しかし、それが彼女が纏う独特の雰囲気と絶妙にマッチしていた。

パールホワイトのネイルを塗った指先が、ズボンの上縁をがっちりと摑む。その指先はズボンだけではなく、トランクスとひとまとめにして膝の辺りまでゆっくりと引きずりおろす。

「ああっ……んんんっ……」

劣情に熱したペニスが外気に触れる感覚に、翼は天井を仰ぎ見た。肉欲を詰め込んだ牡柱も、鋭敏な角度で反り返っている。張り詰めすぎた亀頭の表皮は、まるで剝きたての茹で卵みたいにつるんつるんに見える。

「さすがに若いだけあるわ。ずいぶんと元気なのね。こんなにエッチなオツユまみれのオチ×チンなんて見たことがないわ」

紗理奈は翼の恥辱を煽るような言葉を口にすると、鈴口から溢れ出した淫液を指先になすりつけ、ぷっくりと張りだした雁首の周囲を緩やかに撫で回した。

「はあっ、気持ちいいっ……」

たまらず、翼は小鼻をひくつかせた。繊細な指使いに呼応するように、赤みがかった尿道口をのぞかせる亀頭から糸を引くほど粘り気の強い粘液がじゅくじゅくと溢れ出してくる。

「翼くんって、案外エッチなのね」

ぬるぬるの先走りの液体を指先にたっぷりと塗りまぶしながら、紗理奈は嘯いた。年上の女の指先で敏感なペニスを悪戯をされるだけでも、肉の柔らかい内腿が震えるほどに気持ちがいい。

さらにローションの代わりに粘ついた牡汁を使われると、淫嚢の表面がうねうねと波打ち、きゅんとせりあがるような気持ちよさが倍どころか十倍、二十倍以上にも感じられる。

「くああっ、気持ちよすぎるっ……」

翼は必死で両足を踏ん張った。両手の自由を奪われているという、少しアブノーマルな状況が昂ぶりをさらに盛りあげていた。ふんぞり返った牡柱の先端から噴き出した粘液が透明な糸を引きながら滴り落ち、床に淫猥な液だまりを形づくっている。

「もう、本当にエッチな身体をしているのね。こんなにオツユをいっぱい垂らして。

せっかくリニューアルしたばかりの仕事場に、スケベなシミをつけるだなんて」

そんなふうに言われると、余計に感じてしまう。翼は狂おしげに腰をくねらせた。

「お指で悪戯されているだけでいいの。本当はもっとされたいことがあるんじゃないの？」

瞳の奥をじっとのぞき込むように、声を潜めて紗理奈が畳みかける。眼鏡の奥の瞳を見ると、どうにもこうにも逆らえない気持ちになってしまう。

「んっ、きっ、気持ちよくして欲しいです……」

自分の耳でさえ聞きとれないほど小さな声で、翼は訴えた。

「どんなふうにされたいのか、ちゃんと教えてくれないとわからないわ」

翼の懸命の懇願を、紗理奈は素っ気なく突き放す。下腹の辺りから押し寄せてくる牡としての本能に翼は顔を歪めた。両手で顔を隠したいが、手枷で拘束されていてはそれさえもかなわない。

「ああっ、もっ、もっと気持ちよく……なっ、舐めて欲しいです……」

本来であれば雇用主どころか、恋愛の対象ではない異性に対しては絶対に言えない言葉を、翼は勇気を振り絞って口にした。

乳首を舐めしゃぶる紗理奈の舌使いで、完全に勃起した肉柱を愛撫されたらどれほど気持ちがいいだろう。ぬるついた舌の柔らかさと温かさを想像しただけで、ペニスがびくびくと上下に弾む。

「舐めてって、どこを舐めて欲しいの？」

紗理奈は翼が必死の思いで吐き出した言葉を、あっけないほど簡単に切り返した。

「あっ、ああ……」

翼はもどかしさに身をよじった。

「ちゃんと言えないと、なんにもしてあげないんだから」

どこまでもお姉さんっぽい態度を紗理奈は崩さない。年下の男の反応をとことん楽しんでいるみたいだ。

「うぁうっ、して欲しいんです。なっ、舐めて欲しくてたまらないんですっ……」

「ふふっ、どこを舐めて欲しいの？　おっぱいはさっき舐めてあげたものね」

「紗理奈さん、意地悪ですっ……。とことん言わせないと気が済まないんですね。アソコを……オチ×チンを舐めて欲しいんですっ……」

翼は眉間に皺を刻むと、覚悟を決めるように声を振り絞った。

「なぁんだ。ちゃんと言えるんじゃない。普段からエッチな文章を書いているせいか、リアルな台詞（せりふ）を聞けないと興奮できなくなっちゃってるのよ」

紗理奈は悪びれるふうもなく言った。その頬はワインでも口にしたかのように、うっすらと紅潮している。紗理奈は拘束された翼の前に膝をつくと、若牡のフェロモンの香りを楽しむようにペニスに鼻先を寄せ、胸の奥深く吸い込んだ。

「見れば見るほど美味しそうだわ。いくらフランクフルトみたいでも、マスタードやケチャップをつけるわけにはいかないものね」

まるで美味しそうな獲物を見つけた牝獣のように、紗理奈は舌先で唇をちろりと舐める仕草をした。それは翼の期待を煽っているようにも思える。

「焦れきって、アッツアツって感じね。レンジで加熱しすぎたフランクフルトみたいに、いまにも爆ぜちゃいそうだわ」

熱っぽい視線を投げかけると、紗理奈はあーんという声を出すように大きく唇を広げ、表皮が張りつめた亀頭をぱくりと咥え込んだ。待ち焦がれた口内粘膜と舌先の温かさに、ペニスがびくんびくんと口の中で暴れる。

それだけではない。紗理奈は左右の指先を玉袋にやんわりと食い込ませ、軽やかに揉みしだく。ペニスと淫嚢へのダブル攻撃に、翼は太腿が知らぬ間に内股気味になるのを覚えた。

「んああっ、オチ×チンがじんじん痺れるみたいだ……」

翼は喉を絞って、頭を左右に揺さぶった。両手は手枷によって繋ぎ留められているので、なんとか動かすことができるのは肩から下の部位だけだ。

紗理奈は口元をすぼませて、しっとりと吸いつくような口内粘膜を密着させてくる。ぎちぎちに威きり勃ったペニスに、舌先でねっちょりと絡みつかれると、玉袋の裏側から肛門に繋がる蟻の門渡りと呼ばれる辺りが甘く痺れてくる。

玉袋が下腹のほうにせりあがってくるのは、絶頂が近付いている証に他ならない。翼は蟻の門渡りの辺りから湧きあがってくる、身体全体がスライムのように液状化してしまうのではないかと思うような甘美感を懸命に抑え込んだ。

「すっごく素敵な顔をするのね。一生懸命に我慢している顔を見ていると、物凄く興奮しちゃうわ」

紗理奈は牡汁と唾液で濡れた唇を指先でそっと拭いながら、女の情念を感じさせる視線を翼に投げかけた。

ああっ、これ以上舐められたら絶対に射精ちゃいそうだ。紗理奈さん、オチ×チンだけでなく、玉袋まで責めてくるなんて反則だよ……。

射精を堪えるように、翼は尻肉や内腿に力を込めた。わずかでも気を緩めたら、たちまち昇りつめてしまいそうだ。

「そんなに気持ちがいいの？」

紗理奈はわざと大きく舌先を伸ばすと、ペニスの付け根から裏筋の辺りへ舌先をべったりと密着させて舐めあげた。下から上へ、上から下へ。まるで、男の弱い部分を知り尽くしているみたいだ。

「そんなに気持ちがよさそうな顔を見ていたら、なんだか羨ましくなっちゃうわ。ねえ、そろそろ交代しない？」

快感を嚙み締めていた翼に対して、紗理奈は思いもつかないことを言い出した。いままで肩に羽織ったままだったピンク色のワンピースから両袖をするりと引き抜く。

これで紗理奈はアイボリーのブラジャーとショーツだけをまとった姿になった。ブラジャーのカップの縁やショーツのフロント部分には、同系色のリボンやレース生地がたっぷりとあしらってある。

「交代って……？」

「いやだわ、選手交代って意味よ。新しい道具を試してみたいって言ったでしょう。だったら、自分でも使い心地をしっかりと味わわないと意味がないじゃない？」

当たり前だとでもいうように紗理奈は言いきると、翼の両腕を繫ぎ留めていた手枷を外した。

「さあ、早くわたしの両手を拘束してみて」

紗理奈はまるで自首をしてきた犯人みたいにしおらしい表情を浮かべると、両手を翼の前に恭しく差し出した。

左手の薬指で自己主張をする銀色の指輪を目にした途端、玄関先の写真立てで見たことしかない紗理奈の夫の顔が脳裏をよぎり、背徳感が胸をちくちくと苛む。

「ええと……本当にいいんですよね？」

翼は両手を差し出す紗理奈に意志を確認した。ここまでならば、年下の翼が年上の官能作家に体験取材という名目でもてあそばれた形かも知れないが、これ以上のことになれば彼女の体験取材に付き合ったという言い訳は通らない。

「念のために確認したいんですけど、本当にいいんですよね。僕はあくまでも単なる家政夫なんです」

「もうっ、いいって言っているじゃない。あなたの感じている顔を見ているうちに、我慢できなくなっちゃったのよ」

紗理奈は癇癪を起こしたようにわずかに言葉を荒らげると、熟れた乳房を揺らし小鼻をひくつかせた。心なしか、ランジェリー姿の彼女の肢体から、嗅覚を刺激するようなふわっとした甘酸っぱい香りを感じる。

それはうなじの辺りから感じた香水の匂いとは、明らかに異なっていた。童貞だった頃ならばわからなかっただろうが、これによく似た香りは藍子との初体験で嗅いでいる。女が性的に昂ぶったときに発するフェロモン特有の匂いだ。

もしかしたら、紗理奈は最初から新しく購入したばかりだという手枷で拘束されたかったのではないか。しかし、いきなり拘束して欲しいとは言えないので、年下の翼の両手を先に拘束したのかも知れない。そんなふうに思えてしまう。

むしろそう思わなければ、ここから一歩も進めない気がした。ここまできたら、逃げ出すことはできない。ならば、紗理奈を満足させるべく努力するしかない。

紗理奈の手によってズボンとトランクスは膝下辺りまでさげられたままだし、シャツは前合わせのボタンが外され、インナーシャツも中途半端にめくれあがったままだ。翼は身体を揺さぶりながら、すでに用をなさなくなっているズボンやシャツをすべて脱ぎ捨てた。一糸まとわぬ姿になった翼の裸体に、紗理奈は物欲しげな視線を送ってくる。

翼は紗理奈の仕草を思い返しながら、最初に右手首を、次に左手首を手枷に繋ぎ留めた。拘束する側とされる側では立場が真逆だ。

拘束された翼の身体に、年上の女の余裕を滲ませながら指先や舌先を這わせていた紗理奈の顔つきが、いっきに不安げな感じに変わる。なにかを言いたげに、かすかに蠢く口元が艶っぽい。

先ほどまでとはがらりと態度を豹変させた人妻の姿を見ていると、翼の奥底に潜んでいた牡の攻撃的な部分が少しずつ顔をのぞかせる。

「本当に、さっきとは立場が逆になっちゃいましたね」

翼の言葉に、紗理奈はブラジャーに包まれた胸元を大きく弾ませた。鎖骨が綺麗に浮かびあがったスレンダーな肢体だけに、Dカップはあるであろう乳房のふくらみがより強調される。

「ああん、そんなふうに言わないで……」

紗理奈はボブヘアを左右に揺らして、恥じらいの言葉を口にした。その頰や首筋は、先ほどまでよりもいっそう紅潮しているように見える。

「はあっ、恥ずかしいのに……あーんっ、興奮しちゃうっ」

紗理奈はブラジャーに包まれた蠱惑的な乳房を突き出した。象牙を思わせるほど色白なので、青っぽい血管がかすかに透けて見える。両手を手枷に繫がれた人妻を見ていると、自分が感じた以上の恥ずかしさを味わわせたい気持ちが芽生えてくる。

万歳をするような格好で両手を高々とあげた紗理奈は、やや内股気味で両足を踏ん張っている。本来であればわずかに隙間が見える、ほっそりとした太腿をすり合わせるように、ぴったりと密着させていた。

羞恥の色を滲ませる年上の女の仕草が、翼の牡の本能を煽り立てる。翼は紗理奈の目の前に立つと、知的な印象を醸し出す銀縁の眼鏡を外した。

眼鏡があるとないとでは、顔全体の印象が大きく変わる。レンズを薄手にしているが、かなりの近眼なのだろう。翼はあえて顔を近づけると、その口元に少しずつ唇を近づけていく。

相手はあくまでも顧客だ。少しでも嫌がる素振りを見せれば、それ以上のことはできるはずがない。しかし、紗理奈は口づけを待ち望んでいたように、まぶたをそっと伏せた。

それが合図に思えた。翼が唇を重ねると、紗理奈は自ら舌先を伸ばして、濃厚に絡みつかせてきた。

ちゅる、ちゅちゅっ……。互いの舌先をすすり合う音とセクシーな息遣いだけが、BGMさえない仕事部屋に響き渡る。

みっちりと舌先を絡みつかせてくる、紗理奈の積極的な舌使いが翼に勇気を与える。翼は大きく息を吸い込むと、白磁のような色合いのブラジャーの左右のカップに指先をかけた。

んっと大きく息を吐き、ブラジャーのカップを力任せに押しさげる。支えを失った熟れ乳が、ぽろろんという音を奏でるようにこぼれ落ちてくる。

透けるように白い乳房に相応しく、その頂きは綺麗な薄紅色だった。まるで初春に咲く紅梅を連想させる色合いの乳首は乳輪ごと収縮して、まだ触れてもいないというのに、可愛らしい果実をつきゅっと尖り立たせていた。乳首はどちらかといえば控えめな感じで、まるで胸元にサクランボの種がふたつ載っているかのようだ。

ブラジャーをしているのに、ボリューム感があるふたつのふくらみは剝き出しになっている。それはブラジャーを着けていないよりも、はるかに淫猥に見えた。

「はあっ、恥ずかしい……。なのに……やだっ、いつも以上に興奮しちゃうっ。身体がじんじんしちゃうの……」

紗理奈は黒髪を乱して、悩ましい言葉を口にした。夫以外の男の前で、乳房を露わにしたはしたない姿を晒していることに昂ぶっているみたいだ。

人妻のそんな姿を見ている翼の下腹部も威きり勃っている。藍子はフェラチオで最初に精液を搾り出したが、紗理奈は濃厚な愛撫はしたものの発射はさせてはいない。

「紗理奈さんのおっぱい、いやらしい感じですね」

翼は痴女っぽい紗理奈のやりかたを真似るように、息遣いに合わせてぷるぷると揺れる胸元に顔を寄せた。かなりの近眼のようだが、手を伸ばせば手が届く至近距離なので、翼の表情や仕草はわかるはずだ。

両手を拘束された紗理奈の首筋の辺りに口元を近づけ、そっと息を吹きかけると、彼女はスレンダーな肢体には不釣り合いなふくらみを左右に揺さぶって、色っぽい声を洩らした。

「はあん、あんまり焦らさないでよ」

紗理奈は半泣きで訴えた。可愛らしいサクランボの種が可愛がってとねだるみたいに、いっそうその身を硬くしている。

「紗理奈さんって本当にエッチなんですね」

わざと揶揄するような言葉を口にする。年上の人妻の余裕を見せつけた紗理奈に対する意趣返しだ。

「ああん、そんなふうにイジメないで。だって、主人ったらぜんぜん構ってもくれないんだもの」

紗理奈は言い訳がましい台詞を口にした。三十代の人妻の身体は、翼が想像しているよりもよほど貪欲みたいだ。

「はあっ、あんまり焦らさないで。泣きたくなっちゃうっ……。ねえ、おっぱい、可愛がって……」

淫らなおねだりを口走りながら、紗理奈はしなやかに弾む乳房を突き出した。そんな姿を見ていると、なんだかいじらしく思えてしまう。

少なくとも、いまの翼ならこんな魅惑的な肢体を持つ紗理奈と一緒に暮らしていたとしたら、どんなに疲れていたとしても淫らな営みをせずにはいられないだろう。

そう思うと、写真でしか見たことがない夫へ対する罪悪感が、ほんの少しだけ和らぐような気がした。

翼はやや膝を曲げると、紗理奈の右の乳房にむしゃぶりついた。右手も使い、左のふくらみにも指先をむぎゅっと食い込ませる。

「ああ、感じちゃうっ……おっぱい、感じちゃうの」

紗理奈は胸元を突き出しながら、悩乱の声を迸らせた。三十代前半の双乳は指先が食い込むと、したたかな弾力で押し返してくる。翼は舌先をU字型にして、右の乳首に巻きつけるようにして、ぢゅぷぷと派手な音を立ててすすりあげた。

「ああん、気持ちいい……感じすぎてヘンになっちゃうっ」

紗理奈はほっそりとした肢体をくねらせて、聞いているほうの胸が締めつけられるような喘ぎ声を洩らした。

部屋の中に漂う、成熟した牝のフェロモンの香りが強くなる。その匂いを嗅いでいると、ペニスの先端から潤みの強い先走りの液体がじゅわりと噴き出し、裏筋のほうへと滴り落ちてくる。カウパー氏腺液によって、淫嚢の辺りまで卑猥な輝きを放っていた。

「こんなふうに拘束されるのって、ちょっとアブノーマルな感じだけど感じちゃうっ。両手が自由にならないだけで、なんだか意地悪されてるみたいな気持ちになっちゃうなんて……」

紗理奈は拘束された手枷に繋ぎ留められた両手を揺さぶった。動けない、逃げ出せないと実感するほどに追い詰められた気持ちになるようだ。その瞳はうっすらと水の膜が張ったように潤んでいる。

SとMは表裏一体だと聞いたことがある。翼の両手を拘束してもてあそんだ紗理奈は実に生き生きとして見えた。その唇から吐き出される言葉は実に的を得ていて、翼の心身を昂ぶらせた。

もしかしたら、紗理奈は自身がされたいことを翼にしていたのかも知れない。そんな気持ちになってしまう。

翼だって男だ。目の前で両手を拘束された人妻があられもなくよがっていたら、心身を蹂躙したいような衝動に駆られるのは当然のことだ。その証拠にペニスは逞しさを主張するように、下腹につかんばかりの角度でフル勃起している。

「あーんっ、こういうのって……すっごく刺激的だわ」

紗理奈は余分な肉がついていない女の丘陵を隠す、アイボリーのショーツを着けた下半身をしどけなく揺さぶった。その動きはまるで翼を誘惑しているみたいだ。

「はあっ、ショーツがぬるぬるになっちゃってるっ……」

とろみのある声に誘い込まれるように、翼はショーツの船底部分を指先でそっとまさぐった。軽く指先が触れただけで、ショーツのクロッチ部分に溜まっていた蜜液が二枚重ねの生地の表面までじわじわと滲みだしてくる。

翼は指先でショーツの中身をゆっくりと探った。ショーツの上からでも、クリトリスがにゅんとしこり立っているのがわかる。狙いを定めるように、淫核を指先でくりくりと刺激すると、紗理奈の声が甲高くなっていく。

「はあっ、そんなにされたら……それ以上……クリを弄られたら……」

紗理奈は酸欠の金魚のように、唇を半開きにして短く息を継いでいる。そんな姿を見ると、ますます身悶えさせたくなる。いたぶるとか責めるのではなく、その心身を籠絡したいという思いは、嗜虐というよりもサービス精神に基づいたものだ。

しかし、翼とて男だ。自身も悦びを得たいのは当然のことだ。翼はやや腰を落とすと、ショーツに包まれている紗理奈の太腿の付け根にペニスをあてがった。

「あっ、あーんっ、硬いのが当たってるぅっ」

ショーツ越しに感じる肉柱の逞しさに、紗理奈は喉を絞った。翼はショーツに包まれた女の切れ込みを、ごりごりとした肉幹でゆっくりとこすりあげる。

「ああっ、なっ、なに……これっ、気持ちよすぎるぅっ……」

紗理奈は悩乱の喘ぎを迸らせた。よほど気持ちがいいのだろう。翼が前後に腰をストロークさせるリズムに合わせて、自らも腰をくねらせている。例えるならば、ショーツ越しの素股という感じだろうか。

とろとろとした女蜜で濡れまみれたショーツ越しに、互いの一番敏感な部分をこすり合わせているのだ。快感がいっきに急上昇する。

「はあ、紗理奈さんのショーツ、べったべたになってる」

「だっ、だって……気持ちがよすぎるんだもの。ショーツ越しだとちょっともどかしいんだけど……それが逆にいいの。クリがずきずきして……腰の動きが止まらなくなっちゃうっ……」

紗理奈は両手を拘束された肢体をなよやかに揺さぶった。まるで、一番感じる肉蕾にペニスをこすりつけようとしているみたいだ。

「ああんっ、気持ちよすぎて……ダメになっちゃうっ……ショーツを穿いたまま、イッちゃう……クリでイッちゃうっ……イッ、イッちゃうっ……！」

紗理奈は両手を手枷に繋がれたまま、背筋を大きくしならせると恭悦の声をあげた。まるで感電でもしたかのように、一瞬身体の動きが止まる。それは長いようにも短いようにも感じられた。

絶頂を迎えたクリトリスが、まるでどくっどくと鼓動を打つようにペニスに深い悦びを伝えてくる。

「はあっ、もうダメッ……立っていられない……」

胸元を大きく喘がせながら、紗理奈は全身をわなわなと戦慄かせた。足元に力が入らないのだろう。まるで手枷によってようやっと身体を支えているみたいだ。

翼は慌てて紗理奈の両手を手枷から解放した。全身から力が抜けたかのように、翼の胸元に倒れ込んでくる。

「ああんっ、こんな格好でイカされちゃうなんて……」

翼にもたれかかりながら、紗理奈は胸元を大きく震わせた。立っていられない紗理奈の身体をとりあえず床の上に横たえると、彼女は切なげな吐息を洩らしながら翼の首筋に両腕を回してくる。

「クリで……イッちゃった……。でも、それだけじゃ満足できないの。ねえ、ちゃんと挿入れて……。クリだけじゃイヤ。オマ×コの中をおっきいフランクフルトでかき回して欲しいの……」

紗理奈はショーツから滲み出した蜜液でべたべたになっている肉幹に、指先を執念ぶかく絡みつかせてくる。人妻の強欲さを紗理奈は隠そうともしない。紗理奈は自らの指先で、甘ったるい芳香を放つ淫液まみれのショーツを脱ぎおろした。

肉が薄めの女丘の上には、色白の熟れ肌とは対照的な黒々とした草むらがこんもりと生い繁っていた。白い肌と濃いめの恥毛のコントラストが、三十代前半の肢体をいっそう卑猥に演出している。

「はあっ、早くぅ……」

床の上に横たわった紗理奈は、若牡を挑発するように両足を大きく広げると、両手で抱き抱えてみせた。ぱっくりと割れた女淫が牡を誘うようにひくついている。

ショーツ越しの素股で絶頂を迎えたクリトリスは、薄い包皮から顔をのぞかせていた。充血しきって赤みを増した淫豆は、翼の乳首よりもはるかに大きく見える。

「いっ、いいんですか……？」

いまさらながら翼は躊躇の言葉を口にした。

「もう、ここまで感じさせておいて、なにを言っているのよ」

欲しいものを取りあげられかけた子供のように、紗理奈はむきになったように剝き出しになった下半身を左右に揺さぶった。肉が薄めの大淫唇からはみ出した花弁の内側の粘膜の色の鮮やかさに、翼は身体が前のめりになるのを覚えた。

大きく太腿を割り広げた紗理奈の肢体の上に、馬乗りになるようにして挑みかかる。蜜壺の入り口はすでに蕩けきっていた。亀頭をあてがっただけでも、紗理奈の媚肉はペニスを嬉しそうに咥え込んでいく。

「いいっ、入ってくるわ。オマ×コの中におっきいのが入ってくるーっ……」

感極まったように、紗理奈は前歯を嚙みしめた。大きく左右に広げた紗理奈の足が、翼の腰の辺りにがっちりと絡みついてくる。まるで、納得するまで、満足するまでは逃がさないといっているみたいだ。

「気持ちいい。クリもいいけれど、やっぱりオチ×チンでオマ×コをずこずこされるほうが、セックスしてるって感じがするのよ」

仰向けになった紗理奈は自らも腰を揺さぶりながら、若牡の肉幹が突き上げる感覚を味わっている。まぶたをぎゅっと閉じながら、紗理奈は膣壁をじゅこじゅこと抉るように抜き差しする感覚を噛みしめている。

「ああん、もっとよ。もっと、もっと動いて……」

「ダメです、あんまり動かしたら……もっ、持たないですっ」

欲張りすぎる人妻のおねだりに、翼は自信なさげな声を洩らした。右手でのオナニーでは百戦錬磨とはいえ、熟れきった人妻の秘壷の感触は格別だ。

いくら堪えようと思っても、若いだけに我慢が利かない。

「もう、仕方がないわね。いいわ、今度はわたしが上になるわ。挿入(い)れたまま、抜かないように今度は翼くんが下になって……」

紗理奈は翼にしっかりとしがみつくと、横転するようにして女性上位になった。

「若いオチ×チンは素敵だけど、我慢が利かないのがね」

翼を見おろすようにして、紗理奈はくすりと笑ってみせた。

「大丈夫よ。わたしに任せておいて」

年上の女の余裕を見せるように囁くと、紗理奈はペニスが抜け落ちる寸前まで腰をゆっくりとあげた。彼女がなにをしようとしているのか、翼には理解することができない。ただただ、目を凝(こ)らして彼女の仕草を見守る。

ぎりぎりのところまで腰を引くと、紗理奈は片足をあげながらゆっくりと方向転換をした。互いの目と目が合う騎乗位ではなく、下になった翼から見ると紗理奈の背筋を眺める体位だ。

「はあっ、いいわあ。これは背面騎乗位っていうの。いつもとは違う場所に当たる感じがたまらないのよっ……。オマ×コの中を抉られるみたいっ……」

翼に背中を向けると、紗理奈はちらりとこちらを振り返った。

「ねっ、気持ちいいでしょう？」

床の上に膝をついた紗理奈は、形のいいヒップを浮かせるようにしながら、若々しい滾りが、こなれた膣壁をぐりぐりとこすりあげる感覚を楽しんでいる。

翼の視界からは紗理奈が前のめりになると、結合部位がよく観察できる刺激的な体位だ。しかし、いっきに熟れ尻を振ったら翼が暴発しかねないと思ってか、紗理奈は緩やかに腰を振り動かす。

ぢゅぷ、ぢゅるぷぷっ……。

潤いきった肉器官がぶつかるたびに、結合部から愛液が滲み出すような水っぽい音があがる。翼は拳を握りしめながら、腰の辺りが甘く痺れるような快感を味わっていた。

「はあっ、いいわ。もっともっと感じたくなっちゃう」

そう言うと、紗理奈は床の上についていた両の膝をあげた。不安定な体勢を支えるべく、翼の太腿の辺りを両手で掴む。

まるで和式の手洗いにしゃがみ込むような格好になる。翼の太腿に両手を載せているとはいえ、つま先立ちの体勢が不安定なのは変わらない。体勢を支えるために、下半身にむぎゅうっと力がこもる。

「うあっ、急に締まりが……オチ×チンが締めつけられるっ……」

翼は背筋をのけ反らせた。

「まだまだよ、お楽しみはこれからよ」

背中向きに跨った紗理奈は不安定な体勢のまま、ヒップを上下左右に動かしはじめた。その動きはリズミカルなようでいて、先が読めない変則的な動きだ。

「もっと、もっと深いところで感じたいの」

紗理奈は強欲な言葉を呟くと、なおいっそう浅く深くと熟れ尻を踊らせた。深々と飲み込むと、紗理奈の子宮の入り口の辺りの硬くなっている部分に亀頭ががつんとぶつかる。

がつんという音は耳に聞こえる音ではなく、身体の深い場所で感じる音だ。だが、その音は確実に互いが感じている音だと思えた。

「あっ、あんまり激しくしたら……でっ、射精ちゃいますっ」

「そうね、いきなり無茶をしたら嫌われちゃいそうね。今日はこれくらいで勘弁してあげるわ。いいわね、いっきにイクわよっ……」

快感も限度を超えれば拷問と変わらない。

「いい、思いっきりイクわよ。あっついのをわたしの膣内にたっぷり発射していいのよ。さあ、思いっきりよっ」

紗理奈の腰使いが激しさを増していく。抜け落ちそうなほどに腰を引いたかと思うと、今度は子宮口目がけてペニスを深々と咥え込む。細い肢体のどこにこれほどのパワーが秘められているのかと思ってしまうほどだ。

「いいっ、イクときは一緒よ。ああっ、いいっ、イクッ、イクゥーッ……！」

紗理奈の女壺が食いちぎらんばかりに、翼の肉茎を締めつける。必死に射精を堪えていた翼だったが、これには耐えようがなかった。

「ああっ、ぼっ、僕も……射精ます。射精ちゃいますっ……！」

間髪を置かずに、ふたりの唇から刹那の声が迸った。紗理奈の最奥にがつんとぶつかった瞬間、張りつめた牡銃から白い弾丸が何発も何発も乱射される。

「ああっ、オマ×コの中が熱くなるっ……頭の中が白くなっちゃうっ！」

体内で広がる樹液の熱さに感極まったように、紗理奈は崩れるように床の上に倒れ込んだ。

十分ほど放心状態で横たわっていただろうか。ようやく身体が動くようになると、紗理奈のほうがひと足先にあがった。

「〆切間際は色々と手を抜いてしまうから、お風呂掃除もお願いしようと思うから、その予行練習にいいんじゃないかしら？　今度はお風呂場で楽しむのもいいわね」

紗理奈は翼にシャワーを勧めてくれた。一緒にシャワーを浴びたのだが、紗理奈のほうがひと足先にあがった。

憑き物が落ちたようにさっぱりした紗理奈の言葉に、翼はバスルームに置かれていた洗剤などで掃除を済ませた。風呂場掃除を終えて、リビングに行くと着替えた紗理奈はアイスコーヒーを飲んでいて、翼にも勧めてくれた。

「ねえ、まだまだ顧客が欲しいんでしょう。いますぐにとは約束はできないけれど、もしかしたらワークショップのメンバーを紹介できるかも知れないわ」

「えっ、本当ですか？」

「その代わりといってはなんだけれど、またわたしが仕事に煮詰まったら協力してくれるかしら？」

「協力っていうのは……」

「もう、野暮なことは言わないでよ。だけど、たまにはいいでしょう？」

含み笑いを浮かべると、紗理奈は甘えるように寄り添ってキスをねだった。

第三章　小柄巨乳妻の淫らエプロン

藍子宅に続き、紗理奈宅とも家事代行の契約を取り交わしたことで、社内での翼の評価は順調にあがっているようだ。

麻奈美が以前に口にした「ワークショップを開講しているグループをいっきに顧客に取り込めるかもしれない」という言葉も現実味を帯びているように感じていた。

そんなある日のことだった。藍子の家での清掃の仕事を終えて、帰り支度をしていた翼を藍子が呼び止めた。

「急なお願いで申し訳ないんだけれど、明日の午後三時以降は空いているかしら？」

「明日の三時以降ですか」

翼はスケジュールを入力してあるスマホをチェックした。明日の午後は会社契約をしている社員寮の清掃に駆り出されることになっていた。

これは担当が決まっているわけではなく、入社したばかりで担当を持っていない社員やアルバイトたちが請け負うことになっている業務だ。したがって、翼が絶対にこなさなくてはいけない仕事ではない。

「お願いできるんだったら、明日のワークショップの片付けなどを手伝って欲しいのよ。最近は評判がよくて、生徒さんが増えているからそれだけ支度と片付けが大変なの。そうかといって、主人が帰宅するまでには元通りにしておかないと機嫌が悪くなっちゃうのよね」

「そうなんですか。でも、生徒さんが増えるってことはそれだけ好評なんじゃないですか？」

「ええ、ワークショップをしているんだから、生徒さんが増えたり評判がよくなるに越したことはないわね。わたしだって努力はしているのよ。わたしはお料理を教えているわけだけど、うちのコンセプトは普通の家庭よりもワンランクアップのご馳走なの。だから、持ち帰る人数分によって参加費は多少変わるのだけど、ワークショップに参加した日の夕食は作らなくてもいいように、容器に入れてテイクアウトできるようにしているのよ」

「晩ご飯を作らなくてはいいっていうのは、生徒さんにとっては魅力的でしょうね」

「そうだと思うわ。毎日の夕食作りって意外と主婦の悩みの種なのよ。得意料理は誰にでもあるし、家族の好みの料理もあるけれど、そればかりが続けば文句を言われることだってあるし」

「へえ、お料理作りも大変なんですね」

「だからこそ、新たなメニューを取り入れるべく、ワークショップに生徒さんが参加するわけよ」

藍子は冷蔵庫を開けると、ペットボトルに入った清涼飲料水を手渡した。帰り道に飲めるようにという気遣いだ。そういうさり気ない気遣いができるところが年上の女の魅力だと思う。

「それにね、明日は自身でお菓子のワークショップをしている生徒さんも参加するの。彼女も家事の代行に興味があるらしいから、上手くいけば新規のお客さんになってくれるかも知れないわよ」

「えっ、本当ですか？」

「それについては確約はできないけれど、いろんな生徒さんと顔を合わせることで契約のチャンスは確実に増えると思うわ」

「そんなふうに言ってもらえると嬉しいです。やっぱりお得意さまがいらっしゃるのといないのとでは、僕自身のやる気も全然変わってくるんです。ちょっと上司に明日の予定を確認したいのですが、いいですか？」

翼は麻奈美に電話を入れて、明日のスケジュールの変更を願い出た。このところ新規の顧客との契約を取っているだけあって、麻奈美も、藍子からの要望を優先するようにという返事をくれた。

「ところで、最近はどう？」

「えっ、どうって……」

「鈍いわねえ」

藍子の声が艶めく。彼女の指先が翼のズボンの股間をゆるりと撫で回す。ネイルで彩られた指先が、ズボンの中に潜むペニスを的確に探りあてる。ほんの少し指先を食い込まされただけで、まるで条件反射のように海綿体が血液で満たされてしまう。

「ねっ、いいでしょう？」

藍子は甘え盛りの子猫のように身体をすり寄せると、忙（せわ）しなく翼のズボンをずりおろした。

「新しい生徒さんが来るから緊張しているのかしら。今日は欲しくてたまらない気持ちなのよ」

とろみのある声で囁くと、藍子は身に着けていた膝丈のスカートをずるりとたくしあげた。スカートの中に充満していたのだろうか。発酵が進んだナチュラルチーズのような牝の匂いが翼を挑発する。

「そんなことを言ったって、あんまり時間だってないんですよ」

「そんなのはどうだっていいのよ。ああん、焦らさないでよ。わたしはもう準備万端なんだから」

藍子はスカートの下に手を差し入れると、牡を誘う匂いを放つショーツを脱ぎおろした。

「ねえ、早く挿れてよ。欲しくて欲しくて疼いちゃってるのよ……」

うっとりとした視線を投げかけると、藍子はリビングの壁に手をつき、熟れきったヒップを突き出した。

ここまでされては翼も後には退けない。トランクスを膝の辺りまでずりおろすと、藍子のヒップを両手でがっちりと摑み、芳しい香りで若牡を誘惑する女花の中心目がけて押し当てた。

「あーんっ……」

臨戦態勢のペニスの先端が触れただけで、藍子は背筋を震わせた。彼女の言葉に嘘はなかった。桃のように割れたヒップの中心部分が怒張を嬉しそうに飲み込んでいく。

「あーん、立ったままでなんて、すっごく刺激的だわぁ」

藍子は牡茎を咥え込んだヒップを悩ましげにくねらせた。ついこの間まで正真正銘の童貞だった翼だ。立ちバックで、腰を上手くストロークさせることは難しい。拙いながらもわずかに前後に抜き差しをするだけで、夥しい蜜液が滴り落ちてくる。

完熟した女体は遠慮がちな腰使いでは物足りないのだろう。藍子は壁に上半身をべったりと預けると、熟れた尻を思いっきり突き出し、不規則な円を描くようにしどけなく振りたくる。

「あっ、そんなに激しく動かしたら……」

喜悦の声をあげたのは翼が先だった。

「だってぇ、感じたいんだもの」

藍子は喉の奥に詰まったような声を洩らすと、深々と咥え込んだペニスをきゅっ、きゅんと甘やかに締めあげてくる。

「ああ、締めすぎですって……」

「だったら、もっと思いっきり突きあげてよ。わけがわかんなくなるくらいに感じさせてよぉ……」

藍子は振り返るとキスをねだった。唇を重ねあわせ舌先を絡みつかせたまま、下半身をぶつけ合う。

「ああっ、オチ×チンが膣内で動いてるぅ。いいわ、硬くって最高だわ」

膣壁が細かく波打ちながら、ペニスに執念ぶかくまとわりついてくる。まるで、翼自身を取り込もうとしているみたいだ。

「ああっ、もうっ、ダメですっ。射精ちゃいますぅっ……」

「もう、我慢が利かないんだから、奥までいっきにずりずりとこすりあげてよぉ」

人妻とは思えないふしだらな言葉が、藍子の唇から迸る。

「いっ、イキますっ。射精ますっ……！」

翼は藍子のヒップを摑むと、あらん限りの力をこめてペニスを奥までねじり込んだ。蜜液まみれの肉柱の先端から若々しい情熱の液体が駆けあがってくる。

「あっ、オチ×チンがぴゅくぴゅくして、いっぱい射精てるっ。ああっ、わたしも……イッ、イッちゃうっ……！」

翼のペニスが吐き出す白濁液を身体の芯で受けとめながら、藍子も身体を弓ぞりにしながら戦慄かせた。

「若い身体ってクセになっちゃいそう……」

下半身だけが繋がった淫猥極まりない格好のまま、藍子は陶然とした声で囁いた。

翌日のワークショップは盛況だった。常連の生徒が五名、その他に自身でもお菓子のワークショップを開講しているという川上瑞希(かわかみみずき)もいる。瑞希はこの日が初参加だ。

藍子の講座では、ただ単に新作料理の手順を教えるだけではなく、その日の夕食は作らなくてもいいようにとテイクアウトすることを前提としているので、アイランドタイプの広めのキッチンでも狭いくらいだ。

今日のメニューは炊飯器でも炊ける魚介のパエリアとエスニックなスパイスをたっぷりと利かせたチキンのソテーだ。常連の生徒たちは勝手知ったる他人の家という感じで、おしゃべりをしながら野菜などを切ったりしている。

初参加の瑞希は、常連たちの会話や作業になかなか加われないようだ。主催者である藍子は瑞希がひとりぼっちにならないように気を遣っている。

いつもよりも参加者が多いということもあって、翼は裏方に回って野菜クズなどの片付けや使い終わった後の鍋などを洗ったりしていた。あくまでも裏方なので、藍子や生徒たちの邪魔にならないように気を配っている。

調理が終わって、それぞれが用意した容器にできあがった料理を詰めると、懇親会を兼ねた試食とティータイムに移行した。

藍子が淹れたハーブティーを楽しむと、参加者たちは今夜の夕食を詰め込んだ容器を手に帰っていった。

「あの……」

背後からの声に翼は振り返った。そこにいたのは瑞希だった。身長は百五十センチ前半だろうか。かなり小柄で、見るからにおっとりとした雰囲気が漂っている。

女性らしさを感じさせる肩にかかる艶やかな黒髪は、やや軽い感じに見えるようにレイヤーにカットされていた。ブラウスとスカートの上に着けた、少し少女趣味とも思えるフリルがあしらわれたエプロンが似合っている。

「藍子さんからうかがっていたんですけれど、家事の代行をなさっているんですよね」

「ええ、まあ……」

「今日のお仕事ぶりを拝見させていただきました。さり気ない気遣いがいいなって感じて。それで、わたしのところでもお仕事をお願いできないかと思って……」

「お仕事っていうのは……」

瑞希の問いかけに翼は仕事の内容を尋ねた。藍子宅や紗理奈宅での仕事はあくまでも清掃などがメインだ。今日の依頼も使用済みの鍋などの洗浄などなので難なくこなすことができたが、本格的に料理や菓子作りのサポートとなると、翼には難しいからだ。

ちょうどそこに生徒たちを玄関先まで送っていた藍子が戻ってきた。

「あら、わたしがいない間に話が進んでいたのかしら？」

その言葉に、翼は瑞希と顔を見合わせた。

「いえ、そこまでは……。ただ、お仕事ぶりがすごく丁寧だったから、わたしの家でも家事の代行作業をお願いできないか聞いていたんです」

「そうだったの。翼くんはね、若いのにすごく真面目にお仕事をしてくれるのよ。もしも、家事代行を探しているんだったらお勧めだわ。そうね、もういっぱいお茶を淹れるわね。今度はミルクをたっぷりと入れたチャイはいかが？」

「すみません。お気遣いをいただいて」

瑞希の言葉の端々から、ふたりは対等な関係ではないという感じが伝わってくる。

「実は藍子先輩は大学時代の先輩だったんです。わたしがワークショップを開講したいって言ったら、いろいろと相談にも乗ってもらって」

ふたりの関係に思いを巡らせていた翼の表情に気づいたのだろうか。瑞希は藍子との関係を打ち明けたが、翼には意外に思えた。藍子は三十七歳だが、瑞希は三十歳くらいにしか見えないからだ。

「瑞希さんとは長いお付き合いだもの。だから、実際に仕事ぶりを見てもらおうと思って、翼くんに今日のワークショップを手伝ってもらったのよ。事細かに話を聞くよりも、実際に見たほうが何倍もわかりやすいでしょう？」

「はい、すごく参考になりました。お菓子作りって下準備なども結構大変なんです。それに、生徒さんを招くならば、やはりお部屋は綺麗にしておきたいし……」

藍子の言葉に瑞希は大きく頷いた。

「翼くん、よかったじゃない。また新規のお得意さまが増えたみたいよ。お酒ではないけれど、チャイで乾杯をしましょうか」

促すような言葉に、三人は手にしていたカップを前に差し出す仕草をした。

三日後、翼は麻奈美とともに瑞希の自宅を訪ねた。瑞希の自宅も藍子が暮らす住宅街の中にある。玄関横の広めのテラスが特徴的なアーリーアメリカンな造りの家は、どことなく柔らかな雰囲気が漂う彼女の雰囲気とよくマッチしていた。

瑞希は紅茶とお手製だというシフォンケーキを出してくれた。

「お願いしたいのは、お部屋や玄関、廊下などのお掃除がメインなんです。それと……主人はリビングなどに物が置いてあると嫌がるんです。だから、お菓子作りの道具類は壁際の食器棚の上にしまっているんですけれど、わたしって背が低いでしょう。だから、それを出したり仕舞ったりするのもお願いしたいんです。実はわたしは高所恐怖症の気があって、脚立とかも苦手なんです。ワークショップは月に二回だけなので、前日とワークショップの翌日にお願いできるといいんですが」

「ご心配なさらなくても大丈夫ですよ。作業の日程については、極力お客さまのご都合に合わせるようにいたしますから」

契約書を前に、麻奈美は力強く言いきってみせた。

「こちらにいる坂崎はまだまだ新人ですが、このところ頑張っていて、お得意さまから高評価をいただいているんです。もちろん、相性というのはありますので、なにかお気に召さない点などがございましたら、ご納得いただけるまで弊社の社員とのセッティングをさせていただきますので、ご安心くださいませ」

「そんなふうに言っていただけると心強いですね」

瑞希は契約書にサインをすると、心がほんわりと温かくなるような笑顔を浮かべた。

無事に契約を交わしたことにより、二週間に一度二日間のペースで、瑞希宅で作業をすることになった。

　ワークショップも月に二回ということで、比較的のんびりとしたペースで開講しているようだ。翼の仕事は来客に備えて、玄関からリビングまでのスペースを清掃することと、次の日に使う器材などを戸棚から取り出しておくことだ。次の日には使い終わった道具類を、吊戸棚などに収納することが主な仕事だ。

　契約書を交わしたことで明らかになったこともある。瑞希は小柄で童顔なせいか三十歳くらいにしか見えなかったが、実は三十五歳だったことだ。そうならば、確かに藍子と先輩後輩の間柄だというのも納得ができる。

　瑞希が年齢よりも若々しく見えるのは、小柄で童顔なことが大きいだろう。また口調などがどことなくおっとりとしていることもある。いわゆる癒し系というのだろうか。ときおり、口元に指先をやったりする仕草も愛らしい。

　藍子宅などと比べると、仕事量が比較的少ないこともあってか、作業の合間には休憩と称してリビングで彼女が淹れてくれたお茶を飲む機会もあった。それでも、瑞希が若牡を挑発するようにボディラインを見せつけたり、身体をすり寄せてきたりすることはなかった。

　藍子や紗理奈は隙をうかがうように、年下の男の身体に肢体をすり寄せ、敏感な部分に手を伸ばしてくる。それだけではない。夫が帰宅するまでのわずかな時間を惜しむように、翼の身体を貪ったのは一度や二度のことではなかった。

むしろ、家事代行というのは彼女らにとって都合のいい理由付けで、本当の目的は年下の男の身体を弄ぶことなのではないかと思ってしまうくらいだ。しかし、翼とて性欲を持て余す二十代半ばの心身共に健全な男だ。

そういう意味では、需要と供給が合っているようにも思えてしまう。実際に、藍子たちから誘惑されれば戸惑うようすは見せても、毅然とした態度で拒絶したことは一度たりともなかった。

身長百五十センチ足らずと小柄だが、彼女の胸元はそれとは不釣り合いなほど蠱惑的な曲線を描いていた。Dカップ、もしかしたらEカップはあるかも知れない。

胸のふくらみを意識させせないルーズフィットな衣服を身に着けていても、なにげない弾みで胸のふくらみが強調されることがある。

男というのは不思議なものだ。これ見よがしに量感に満ちた胸元や肉感的な太腿をひけらかされるよりも、ふとした弾みで盗み見てしまったような罪悪感を覚える瞬間のほうが、はるかに興奮を覚えてしまうのだ。

いまの翼にとっては、瑞希の存在がまさにそうだった。翼が訪問するときは、瑞希は可愛らしさを感じさせるエプロンを着けている。

　肩紐や胸元にひらひらとしたフリルをつけているので、なかなか胸元のふくらみを垣間見ることはできない。それでも身体をよじったり前かがみになったふとした瞬間に、乳房のふくらみを感じてしまう。

　しかし、瑞希はそんな翼の胸中など思いもよらぬように、いつもほがらかに笑っている。

「わたしって口下手(くちべた)だから、思っていることをなかなか上手く伝えられないんです。それに比べると、藍子先輩は相手が年上だとしても理不尽だと思ったら、理論武装で徹底的にやり込めてしまうんです。ときどき、羨ましくなってしまうくらいです。それでも、趣味を活かしたほうがいいって勧められて、ワークショップをはじめてからはかなり積極的になったんですよ」

「へえ、そうだったんですか。僕もあまり口が達者なほうじゃないんです。でも、この仕事をはじめてからは前もって確認をしないといけないことが多いので、話す機会が増えました」

「そうなの。翼くんってしっかりしている感じだから、そんなふうには見えなかったわ。そうだわ。お茶のお代わりはいかが？」

翼のティーカップが空になりかけているのを目にした瑞希が、ティーサーバーを手に取った。サーバーを手にカップにお茶を注ぐ仕草は、女らしさが漂っている。

「それに女友だちって結婚や就職を機会に、疎遠になってしまうことが多いの。だから、藍子先輩からワークショップに誘われたときは嬉しかったんです。いまだって、そうよ。結婚してからは主人以外の男性と話す機会なんて、そうそうないんだもの。いまどきの若い男の子と話しているだけで、若返るような気持ちになれるもの」

「そんな若返るだなんて。瑞希さんは若々しく見えますよ。年齢をうかがうまでは、三十歳くらいだろうって思っていました」

「あらっ、そんなふうに言ってくれるとお世辞でも嬉しいわ」

翼の言葉に瑞希は相好を崩した。小柄なせいか、顔も小顔で目元がくりっとしている。ちゅんとした小ぶりな唇と相まって、リスやモモンガみたいな可愛らしさが漂っていた。実年齢を知ったいまでも、十歳以上も離れているとはとても思えない。

翼は勧められたお茶を飲み干した。いくら雇用主から勧められたとはいえ、翼はお茶を飲みに来ているのではなく、あくまでも家事代行をしに来ているのだ。

「リビングなどの掃除は済ませましたから、後は戸棚の中にしまってある道具を取り出すんですね」

「ええ、お菓子作りってお道具類が多いんです。細かいものも多いし……」

瑞希はソファから腰をあげると、やれやれというようにふうーっと息を吐き出した。

この家は夫の希望もあって全体的に天井が高く造られている。

そのために吊戸棚に収納したものを取り出すには、男の翼でも脚立にのぼらないと取り出すことができない。

明日のワークショップのために必要なものは、あらかじめ箇条書きでメモに書き留めている。脚立を持ってきた翼はメモを受け取ろうとした。

「あっ、待って。こうしてお仕事のために来てもらっておいてなんだけど、せっかくだから、今回は自分で取り出そうと思うの。

「でも、危なくないですか。結構な高さがありますよ。危ないから家事代行を頼んだんじゃないんですか？」

「そうなんだけど、せっかく翼くんもいるんだから、チャレンジしてみようかなって思って。いつでも翼くんがいるわけじゃないでしょう。でも、怖いから後ろから支えていてもらえますか？」

「それはもちろん構いませんけど……」

「だったら、安心だわ。絶対に支えていてくださいね」

高所恐怖症だと自称する瑞希は緊張しているのだろう。メモを持ったまま、翼の右手を両手で握り締めた。その手のひらは、わずかに汗ばんだようにしっとりとしている。

考えてみれば何度も家事代行作業をしているが、互いの身体に触れたのはこれがはじめてのことだった。

右手の甲と手のひらに伝わってくる体温に、胸がばくんと音を立てる。しかし、こんなことくらいで顔色を変えては、邪なことを考えていると思われてしまいそうだ。

翼は口元や鼻から洩れそうになる乱れた呼吸を懸命に抑え込んだ。

「じゃあ、後ろから支えていてくださいね」

瑞希は翼のそんな思いなど想像もしていないように、脚立に足を載せ、ひとつずつステップをあがっていく。天井が高い造りなので四段ほどあがらないと、戸棚の奥までは手が届かないようだ。

脚立のステップを四段もあがると、いやでも女らしい丸みを帯びたヒップが目の前に迫ってくる。今日の瑞希は、膝よりもやや長めのフレアースカートを穿いている。

細すぎず、太すぎないふくらはぎは実に魅力的だ。

それよりもはるかに翼の心をざわつかせるのは、りぼん結びにしている白いエプロンによってくびれが際立ったウエストのラインだ。

「翼くん、怖いんだからちゃんと支えていてね」

その声に翼は我に返った。支えろと言われても、いったいどこを支え持てというのだろう。目の前の人妻の後ろ姿に、翼の心の中に動揺が広がる。

「ねえ、ちゃんと支えてくれないと怖いじゃないですか」

かすかに振り返った瑞希と視線が交錯する。戸惑う翼の背中を押すような声に、翼は小さく喉を鳴らすと覚悟を決めた。

エプロンが巻きついた、腰のくびれを両側からそっと支え持つ。小柄なせいか、想像していた以上にほっそりとしているのがわかる。思わず洩れそうになる驚嘆の声を、翼は無理やり飲み込んだ。

「ええと、明日の生徒さんは五人だから、抜き型は少し多めに用意しておいたほうがいいわね」

戸棚から道具を取り出すと、瑞希は身体をひねって慎重に翼に手渡した。どうしても体勢が不安定になるので心配でならない。

しかし、これはあくまでも顧客からのリクエストなのだ。右手で道具を受け取りながら、左手で瑞希の肢体を支える。受け取った道具はシンクの空きスペースに置いていく。

　こんなに緊張するならば、最初から翼が吊戸棚の中身を取り出したほうが、はるかに早くて安全なのだが、瑞希のたっての希望とあっては仕方がない。

「あと、一回で済みそうだから」

　瑞希の言葉に、翼はようやく安堵を覚えた。顧客からのリクエストだとしても、万が一にも怪我をさせたりしたら、翼だけではなく会社の信用問題にも関わってしまう。

「はい、これで最後よ」

　手渡されたシリコンケースを受け取り、シンクに置いた瞬間だった。気が張っていたのは翼だけではなかったようだ。安堵したことによって、脚立の上に立っていた瑞希はわずかにバランスを崩した。

「きゃっ……」

　人間は咄嗟のときには声が出なくなる。瑞希の唇から発せられた小さな声に、翼は素早く反応した。家庭用の脚立とはいえ四段の高さとなると、落ちたら大変なことになるのは想像に難くない。

　脚立の上からよろけた瑞希が落下してくる。翼は両手でがっちりと瑞希の腰の辺りを摑むと、いざというときには自身が下敷きになる覚悟で、彼女の肢体をしっかりと抱き寄せた。

　瑞希は幸いなことに脚立から転げ落ちることはなかった。その代わりに、翼に背後からがっちりと抱き抱えられる格好になった。

「あっ、はあっ……」

　よろけた身体を受け止めたので、腰のラインではなく、普段はルーズフィットの服で隠されている、たわわに実った乳房の下の辺りを、翼は両腕で強く抱き締める形になった。

「あっ、ごめんなさい。わたしが我儘を言ったせいで……」

　瑞希は声を震わせた。高所恐怖症を自認しているだけに、よほど怖い思いをしたのだろう。

「いえ、本当にすみません。ぼくが上手くサポートできなかったせいで。怖かったですよね」

　背後から抱きかかえたまま、翼は謝罪の言葉を口にした。小柄な瑞希の身体は怯えるように小さく震えている。それを見ていると、いくら顧客の希望だからといって、無謀なことをさせてしまったことを痛感してしまう。

「ほっ、本当に申し訳ありませんでした」

翼は喉の奥から声を絞り出した。経験豊富な家政夫ならば、こんな判断はしなかっただろうし、もっと違うフォローができたのかも知れない。しかし、新米家政夫の翼にできるのは、誠心誠意詫びることだけだった。

「だっ、大丈夫だから。それに翼くんがしっかりと支えてくれたお蔭で、怪我もしていないんだし」

背後から抱き寄せる翼を気遣うように、瑞希は気丈に答えた。しかし、まだ身体の震えは収まってはいない。

「ごめんなさいね。少し落ち着くまで、抱き締めていてくれる……」

心細げな声で呟くと背中を向けた瑞希は、深く浅くと呼吸を繰り返す。

吊り橋効果という言葉がある。危機感を共にした男女は恋愛にも似た感情を抱いてしまうというものだ。いま瑞希の胸の中に湧きあがっているのは、それに酷似したものなのかも知れない。

「本当によかったわ、翼くんがいてくれて。そうでなかったら……」

首だけで振り向いた瑞希は、翼の顔を見あげた。まるで荒れ狂う海の中で、やっと救難ロープを手にしたような表情だ。

「まだ、ステップが二段ありますから、気を付けて降りてくださいね」

翼は瑞希の足元を確かめながら、ゆっくりと床の上へと誘導した。

「すみませんでした。最初に止めなかった僕が悪いんです」

そう言うのがやっとだった。

「ううん、主人は手伝ってもくれないのに、お前は鈍いんだから脚立は使うなって言われていたから……」

翼の体躯に瑞希の温もりが伝わってくる。床に降りた瑞希は、翼の胸元に寄り添うように、身体をゆっくりと半回転させた。あまり厚くはない翼の胸元に遠慮がちに寄り添う。その姿は、まるで交際したての初々しい恋人同士みたいだ。

「本当にどきどきしちゃった」

瑞希は翼の顔を見あげると、二度三度とゆっくりと瞬きをした。小動物のように愛くるしい瞳を伏せると、小さめの唇をさらにすぼめてわずかに突き出してくる。思い人からの口づけを待つような切なさが漂う表情。見ているだけで胃の辺りが締めつけられるような、甘さを帯びた息苦しさを覚えてしまう。

「ねえ……抱き締められただけで、ヘンな気持ちになっちゃった……」

まぶたを伏せたまま、瑞希はローズピンクのルージュで彩られた唇を小さく動かした。綺麗なカールを描くまつ毛も、乱れがちな呼吸に合わせるように震えている。

こんなにも艶っぽい表情を見せられては、動揺せずにはいられない。翼は彼女の身体に回した腕に力がこもるのを覚えた。

「あんっ……そんなに強く抱き締められたら……」

瑞希の口元からセクシーな声が洩れる。牡のうなじの辺りを直撃する悩ましい声に、翼の唇からもくぐもった声がこぼれる。

小柄な瑞希は顎先を突き出すようにして、唇が重なる瞬間を待ち焦がれている。三十代半ばでありながらも、どこか愛らしさを感じさせる人妻のそんな表情を無下にできる男などいるだろうか。

翼はやや前のめりになると、小さく息を吐き出す口元に唇を近づけていく。唇が近付くにつれ、やや甘みを帯びた呼気を感じた。

ふにゅっ……。品のいい色合いのルージュで彩られた唇は、まるで上等のマドレーヌのような柔らかさだ。

「あぁんっ……」

唇同士が触れたことに感極まったように、瑞希も翼の背中に両腕を回した。最初は唇の表面がそっと重なるだけの幼ささえ感じるキス。

「あーんっ、もっとちゃんと……して……」

人妻の瑞希は物足りないのか、破廉恥なおねだりをした。その言葉に、どちらからともなくゆっくりと口元を開き、舌先を軟体動物みたいに絡みつかせ合う。

「あっ、ああんっ……」

舌先同士が妖しくくねるたびに、瑞希の口元からしどけない喘ぎ声が洩れる。

「はぁん、キスだけで……こんなに感じちゃうなんて……」

瑞希の乱れた呼吸に合わせ、エプロンに包まれた弾力に満ちた柔乳が弾む。乳房がこんなにも弾力に溢れているのだ。丸みを帯びた臀部もきっと指先を魅了するはずだ。

彼女の背中に回した翼の指先がすべるように落ち、蠱惑的な曲線を描く臀部を撫で回した。

「やぁん、エッチィ……」

ヒップに張りつく男の手のひらの感触に、瑞希は恥じらうように下半身を揺さぶった。それとて、若い牡を挑発する仕草みたいだ。

瑞希も三十代半ばの人妻だ。それなのに翼の指先がヒップを愛撫しただけで、少し大袈裟とも思えるような反応を見せる。

大昔に流行したぶりっ子という言葉がある。いまどきの言葉でいうならば「あざと可愛い」という感じだろうか。

なんとなく年上の女の手のひらの上で、転がされているような気がしなくもない。

しかし、それ以上に瑞希に心惹かれてしまうのは確かなことだった。

膝よりもやや長いフレアースカートの裾に翼の指先が潜り込む。もちもちとした太腿が指先に心地よい。三十代らしい熟れた素肌は、いつまでも撫で回していたくなる。

「あーん、そんなところを撫でられたら恥ずかしいっ……」

瑞希はまろやかな曲線を描く下半身を右に、左にと揺さぶってみせる。羞恥に染まった声を耳にするだけで、ズボンの股間が熱を帯びるみたいだ。翼はスカートの裾をするするとたくしあげた。

テレビで見かけるアイドルのように、太腿の間には隙間は空いていない。程よく乗った脂が、女盛りの身体をいっそう魅力的に見せている。翼は手のひらを密着させて熟れた太腿を味わった。

スカートがめくれあがったことで、太腿の上の丸いふくらみが露わになる。ぷるんとした尻の桃割れを淡いブルーのショーツが覆い隠している。翼は両手の指を大きく広げ、ショーツを包み込んだ。

つるつるとしたショーツの生地を触っていると思うと、胸がざわついてくる。もはやフレアースカートもショーツも素肌を楽しみたい翼にとっては、邪魔なものとしか思えない。

翼は白いエプロンに包まれたフレアースカートの後ろ部分に手を伸ばすと、ホックを外しファスナーを引きおろした。

ふんわりとしたラインを描くスカートは、留め具を失ったことで頼りなさげに揺れている。翼はスカートをしっかりと摑むと、それをするすると引きずりおろした。

「ああん、やだっ、すごいエッチな格好っ……」

瑞希の下半身を包んでいるのはフリルをたっぷりとあしらったエプロンと、ペールブルーのショーツだけになった。

ブラウスの裾からセミビキニタイプのショーツがちらりとのぞいているのが、いっそういやらしさを強調している。夏場なのでストッキングは穿いておらず、ナマ足だ。

「翼くんって……エッチなのね」

瑞希は羞恥に小柄な肢体をくねらせた。

「じゃあ、瑞希さんはエッチじゃない男が好きなんですか？」

翼は彼女の耳元に唇を近づけると嘯(うそぶ)いてみせた。つい先日までは童貞だったはずなのに、藍子や紗理奈に弄ばれたことによって、多少なりとも男としての自信みたいなものが身に付きはじめていた。

翼はブラウスから見え隠れする、淡いブルーのショーツに手をかけた。

「あぁん、ショーツはダメよぉ……」

瑞希は形のいい桃尻を揺さぶって、翼の暴挙から逃れようとした。それとて、若牡を煽り立てるポーズみたいなものに思えてしまう。

女が本当に拒絶をするのであれば、口汚く罵ったり、あらん限りの力を振り絞ってでも逃れようとするに決まっているからだ。

だが、瑞希はそうはしなかった。イヤイヤというように下半身を左右に揺さぶっては見せるが、翼にされるがままになっている。

翼は指先でセミビキニタイプのショーツを掴むと、ぬめるような艶を孕んだ下半身からショーツを剝ぎ取った。

裸エプロンは男の憧れだが、いまの瑞希は下半身だけが裸エプロンみたいだ。逆にブラウスを着ているせいで、卑猥さが増長している。

「あーんっ、翼くんって案外強引なのね」

「えっ、唇をすぼめてキスをせがんだのは、瑞希さんのほうですよ」

藍子や紗理奈たちによって鍛えられたせいだろうか、翼はさりげなく瑞希の言葉を切り返した。その証拠に瑞希の言葉には、強い抗議は微塵（みじん）も感じられなかった。女としての恥ずかしさを隠すために、発したようにしか思えない。

「本当に翼くんったら……」

瑞希はんんっというセクシーな声を洩らしながら、もう一度唇を重ねてきた。見ためは三十歳くらいにしか見えないのに、縦横無尽に蠢き絡みついてくる舌使いには、性的な年季の違いを思い知らされてしまう。

しかし、負けたくないと思ってしまうのが男心というものだ。翼も舌先に神経を集中させる。瑞希の舌使いはあくまでもソフトタッチだ。ならばと、わざと舌の付け根が痛みを覚えるくらいに、ぢゅぶっ、ぢゅるっと派手な音をあげてすすりあげる。

「あーんっ、そんなに激しくキスをされたら、どんどんいやらしい気持ちになっちゃうっ」

瑞希は人妻とは思えないような言葉を口走りながら、小柄な肢体を揺さぶった。ブラウスとエプロンは着けているが、下半身を隠すはずのスカートやショーツはすでに剝ぎ取られている。

「瑞希さんの身体って、すごくエロい感じですよね」

翼は舐めるような視線で、彼女の肢体を見つめた。向かい合った形なので、剝き出しになっているヒップラインなどは直接は見えない。だが、それは撫で回す指先の感覚でいくらでも補足できる。

「やぁん、そんなエッチなこと言わないで……」

羞恥の色を鮮やかにしても、三十代の肢体は正直だった。少女趣味なエプロンで包まれた胸元を、翼は右の手のひらで鷲摑みにする。ブラウスやブラジャーの上からでも、こんもりとした丘陵を描くふくらみの頂きが硬く尖り立っているのがわかった。

「あーん、ダメッ……そんなの……」

瑞希は夫に操を立てるように身体を揺さぶった。だが、すでにキスは許しているし、自らも舌先を絡みつかせている。それは貞淑であろうとする人妻としてのポーズにしか思えなかった。

さらに左手で、柔らかい臀部をやや乱暴なタッチで揉みしだく。もちもちとしたヒップが指先をしたたかに押し返す。その感触に魅せられたように、ますます指先に力がこもってしまう。

「ああんっ、そんなふうにされたら、立っていられなくなっちゃう……」

瑞希は胸元を揺さぶった。その言葉に嘘は感じられなかった。控えめな膝小僧は小刻みに震え、身体を支えられなくなっている。

「あーんっ……」

甘い声を洩らしながら、瑞希は翼の身体にもたれかかってきた。かすかに漂うシャンプーやメイク用品の香りが鼻腔に忍び込んでくる。上品さを感じさせる香りに、翼は鼻先をかすかに鳴らした。

いままでの翼は自分から行動を起こすことができず、相手の思うとおりになってきた。しかし、藍子や紗理奈と情事を重ねたことにより、自らも能動的に動くことを覚えはじめていた。

翼は着ていたワイシャツとインナーシャツを脱ぎ捨てた。筋肉が隆々とした体育会系の身体でもなければ、モヤシ系と言われるようなひょろひょろとした体形でもない。さらにフロント部分が自己主張しているトランクスも無造作に脱ぎおろした。

「あっ、ああっ……」

極めてナチュラルな若者の体躯を見た瞬間、瑞希は短い声を洩らした。翼の下腹部は年上の人妻の裸エプロンに近い姿を目の当たりにしたことにより、猛々しい漲り（みなぎ）を蓄えていた。

瑞希の下半身を隠しているのは、白いエプロンと熟れた尻をようやく隠す長さしかないブラウスだけだ。牡らしい逞しさを蓄えた下腹部が、彼女の心を、身体を刺激している。

「ああん、こんなになっちゃうなんて……」

悩ましい声を洩らしながら、瑞希の指先は遠慮がちに男らしさを誇っている部位をそっと撫で回した。

「かっ、硬いっ……。すっごく、硬くなってるっ……はあぁん、触ってると感じちゃうっ。ねえ……」

瑞希の声がうわずっていく。

「もう一回、キスして……」

きゅっと目をつぶって、唇を突き出す仕草は何度目にしても愛らしい。翼は唇を重ねると、閉じ合わせた前歯をやや強引に開いて、口の中の粘膜という粘膜にねっとりと舌先を這わせた。

ぢゅるぢゅ、ぢゅぷぅっ……。

唾液まみれの口元が淫猥な音色を奏でる。湿っぽいその音色は、どちらの舌先から発せられるものか区別がつかない。

ちゅるっ、ぢゅぢゅっ……。

女性特有の甘さを帯びた唾液をすすりあげているだけで、翼の肉柱はどんどん硬さを増していく。若いだけに身体を軽く振り動かしただけで、下腹にくっついてしまうる。

ショーツすら着けていない瑞希の指先が、躊躇うことなくペニス目がけて伸びてくるのではないかと思うほどだ。

「なんで、男の人のって硬くなっちゃうのかしら？」

傍から聞けば人妻には相応しくない台詞なのに、どことなく可愛らしさを感じさせる彼女の唇から発せられると、妙に刺激的に思えてしまう。

「瑞希さんだって……穿いていないいんですよね」

「あーん、だってそれは翼くんが脱がせたから……」

瑞希は下半身をくねらせた。スカートどころかショーツさえ着けていない。それなのに、太腿の中ほどまでの長さのエプロンとブラウスだけを着けている。ブラウスの裾から伸びる、むっちりとした太腿が牡の欲情を煽り立てる。

翼は彼女の身体を傷つけないように、ゆっくりとキッチンの床に横たえた。瑞希の肢体を覆い隠しているのは、ブラウスとエプロン、それにブラジャーだけだ。

翼は彼女の肢体を跨ぐように馬乗りになると、ショーツとお揃いのブラジャーに包まれた、ふたつのふくらみを両手で揉みしだいた。

「あっ、ああーんっ……そんなふうにされたら感じちゃうわ。おっぱい、弱いの。すぐに感じちゃうの」

フローリングのキッチンの床に横たわった瑞希は、恥じらうように肢体をくねらせた。薄手のブラウスの生地からは、ブラジャーを押しあげるふくらみが垣間見える。

瑞希の言葉は、まるで乳房を愛撫されたいと訴えているようにも聞こえる。ブラジャーに包まれているとはいえ、カップに覆い隠された乳房には明らかな変化が起こっている。

ここにいるのよと言わんばかりにしこり立った乳首が、男の愛撫をねだるようにますます突き出してくる。翼は狙いを定めるように、ふたつの頂きを指先でギターの弦をつま弾（び）くように軽く悪戯した。

「はあっ、おっぱい、感じちゃうって言ってるのにぃ……」

瑞希はしどけない声を洩らしながら、露わになった太腿をすり合わせた。太腿を動かしたことで、ショーツを剝ぎ取られた下腹部がブラウスの裾からのぞく。

毛質は柔らかそうだが、女丘には縮れた草むらがびっしりと密生していた。日頃は癒し系で朗（ほが）らかな笑顔をみせる、彼女の胸の奥底に潜んでいる女としての本性を表しているようにも思える。

「そんなふうに硬くなっているオチ×チンを見たら興奮しちゃうっ」

瑞希は小鼻をひくつかせながら、張り詰めすぎて亀頭の表皮がてかてかと光って見えるようなペニスに手を伸ばしてきた。熟女の悩ましすぎる姿を見せつけられているのだ。肉柱には無数の青黒い血管が浮かびあがっている。

瑞希はまるであみだくじでもするかのように、浮かびあがった血管を細い指先でなぞりあげる。それだけでも尻の割れ目の辺りに、えくぼが浮かびそうなほどに力が入ってしまう。

「オチ×チンの先っぽから、エッチなお汁が溢れてきてる」

嬉しそうに囁くと、瑞希は鈴口から噴き出している牡汁を指先で掬い取った。粘り気の強い粘液まみれの指先で、ぷりっと張りだした亀頭の周囲をゆるゆると撫で回す。

「うあっ……ヤバいっ……」

自分の指先でまさぐるのとは段違いの心地よさに、翼はたまらず歓喜の声を迸らせた。翼が知っている瑞希はどちらかといえば可愛らしい癒し系だ。それなのに、いまは笑みを浮かべながら、威きり勃った屹立に指先を絡みつかせてくる。

そのギャップが翼の心身をますます炎上させていく。鈴口から滲み出す粘液も濃度を増すばかりだ。

「ねえ、舐められたいんじゃないの？」

どこをと具体的に言わなくても、それがなにを表しているのかくらいはわかる。先走りの液体まみれの指先でソフトにしごかれるだけでも、内腿から蟻の門渡りの辺りにかけて電流が駆け抜けるみたいだ。

柔らかい舌先で舐めしゃぶられたらと想像するだけで、ペニスが嬉しそうに上下に跳ねあがる。

「ほっ、本当に、舐めてくれるんですか……」

押し寄せてくる淫らすぎる予感に、翼は胸元を波打たせた。

「だったら、わたしも気持ちよくしてくれる。翼くんだけが気持ちよかったらズルいと思わない？」

「瑞希さんも気持ちよくって……」

「もう、初心なのかしら。それともちょっとだけ鈍いのかしら？　困ったさんね。フェラでもクンニでもいいけれど、シックスナインのほうが一緒に気持ちよくなれると思わない？」

瑞希の唇から飛び出したのは、翼が経験したことがない淫らな行為だった。もちろんビデオなどでは観たことはあった。ただ、実体験が伴わないだけだ。

「どうする。わたしが上になってもいいけれど、せっかく翼くんが上に乗っているんだから、そのまま身体の向きを変えたほうがいいかしら？」

大胆すぎる提案に翼は面喰った。しかし、ここで異を唱えたら気持ちよくなるチャンスを逃してしまう。ビデオでもシックスナインは観たことがある。瑞希が提案したのは、男が上に乗るタイプのシックスナインのことだろうと見当がついた。

翼は瑞希の上に跨ったまま、身体の向きを抱えた。仰向けに横たわった瑞希の顔の前にペニスを突き出すということは、淫嚢（いんのう）や尻の穴まで丸見えになってしまう。

しかし、恥ずかしさよりもいまは肉欲が全身を支配していた。男が上になったシックスナインの体勢になったことで、ショーツすら着けていない瑞希の下腹部も目の前に迫ってくる。

「すっごい、ぬるんぬるんになっちゃってる。翼くんって感じやすいのね」

言うなり、瑞希は床からわずかに頭をあげてペニスにむしゃぶりついてくる。亀頭だけでなくぎちぎちに血液を漲らせた肉柱も深々と口の中に含み、ねちっこいタッチで舌先をゆるゆると絡みつかせてくる。

「ああ、いいっ、オチ×チンが溶けちゃいそうだっ……」

床の上についた両膝から力が抜けてしまうような快感。まともに膝立ちになっていられなくなりそうだ。翼は背筋を戦慄させた。

快感に酔い痴れていた翼のペニスに巻きついていた舌の動きが止まった。それだけではない。生温かく包み込んでいた口の中から追いだされた。

「んあっ……」

翼の口から未練がましい声が洩れる。

「もう、ダメじゃない。自分だけ気持ちよくなっていたら。シックスナインの格好になったのは、一緒に気持ちよくなるためでしょう？」

瑞希は幼い子供に言い聞かせるみたいな口調で囁いた。その言葉に翼はハッとした。自分が気持ちよくなることばかり考えていてはいけないと、はっきりとダメ出しをされた気がした。

翼の眼下には、ブラウスの前合わせからちらりとのぞく黒々とした翳りがあった。年下の男の屹立にむしゃぶりついていた瑞希の下腹部からは、男ならば深々と吸い込まずにはいられないような淫靡な香りが漂っている。

翼はブラウスの裾をめくりあげると、縮れた草むらに指先をそっと潜り込ませた。そこはすでにじっとりとした露を含んでいた。黒々とした草むらに覆い隠されているが、恥丘には切れ込みが入っている。

切れ込みに沿うようにゆっくりと指先を進めていくと、瑞希はもどかしげにヒップをくねらせた。床の上に投げだしていた肉感的な足をくの字形に曲げると、少しずつ左右に割り広げていく。淫部から漂う牝の匂いが強くなる。

「ねえ、いっぱいして……。そうしたら、あなたのもいっぱいナメナメしてあげるから」

瑞希はしたたかな駆け引きを口にした。人妻にここまで言われて、おめおめと引きさがるわけにはいかない。翼は彼女の太腿を抱きかかえるように持ち上げた。濃いめの草むらの下には秘密めいた花園が息づいていた。

ぽってりとした大淫唇も縮れた毛で覆われている。大淫唇の合わせ目からは、青柳(あおやぎ)貝(がい)の舌のような花びらが二枚はみ出している。翼は両手の指先を使い、大淫唇をさらに左右に大きく寛げた。

女の一番敏感な部分に、翼の熱っぽい息遣いを感じたのだろう。瑞希は、

「ああっ、見られてるぅー……」

となまめかしい声を洩らした。大淫唇によって普段は隠されている花びらは、些細な刺激にも過敏に反応するようだ。翼の指先が触れただけで、花びらの合わせ目からはうるっとした牝蜜が滲みだしてくる。

二枚の花びらの合わせ目には、薄い包皮によって保護されたクリトリスが確認でき

た。翼は舌先を大きく伸ばすと、花びらを下から上へとずるりと舐めあげた。淫核を舌先でクリックするように刺激すると、瑞希の声が甲高(かんだか)さを増す。

「あっ、いいっ……たまらないわぁ……」

もっとおねだりするように、瑞希は完熟したヒップを床から浮かせると緩やかに揺さぶってみせる。

「瑞希さんも舐めてくれないとダメじゃないですか」

翼はそう言うと、セクシーな声を洩らす口元にペニスを近づけた。

「翼くんったら、本当におしゃぶりされるのが大好きなのね」

言うなり、瑞希は怒張に喰らいついてきた。もったいをつけるのではなく、いきなり喉の奥深くに飲み込んでいく。

「あっ、いいっ……オチ×チンが痺れるみたいだっ……」

翼は髪を振り乱した。それでも、瑞希の媚肉から舌先を離そうとはしない。彼女を感じさせればさせるほどに、さらなる快感を得られる予感があるからだ。

瑞希の喉の最奥までたどり着いたと思った瞬間だった。行き止まりだと思っていた喉がゆっくりと開き、さらにペニスを奥深くまで招き入れる。無理やりに喉の奥を開いたのだろう。これが世にいうディープスロートという技なのだろうか。

喉の奥に無理やり入れているので、ペニスを締めつけるように口内粘膜が密着してくる。翼は唸るような声を洩らした。少しでも意識を逸らさなければ、秒殺で瑞希の喉の奥深くに暴発してしまいそうだ。

気を紛らわすかのように、翼は花びらの合わせ目で自己主張しているクリトリスに舌先を密着させた。さらに右手の人差し指を、花びらの奥に隠れた蜜穴へと挿し入れていく。花びらや淫蕾だけでなく、秘壺の中も、すでにうるうるとした愛液で満たされていた。

こんなに大量の牝蜜がどこから湧いてくるのかを確かめるみたいに、人差し指の先端に意識を集中させ、ヴァギナの中をこすりあげるようにしてじっくりと探る。

クリトリスを舌先で舐め回しながら、蜜壺を弄ると瑞希の足の爪先がぎゅっと丸くなる。

「ああん、感じすぎてどうにかなっちゃうっ……クリトリスがズキズキして……おかしくなるっ……」

次々と込みあげてくる快感に、瑞希は喉の奥深くまで飲み込んでいたペニスを解放した。それでも、裏筋の辺りに舌先を密着させ刺激してくる。

「はあんっ、もうダメっ……ナメナメだけじゃ我慢できなくなっちゃう。硬いので思いっきり突かれたくてたまらなくなっちゃうっ……」

瑞希は我慢の限界というように肢体を揺さぶった。欲しくて欲しくてたまらないという女心が伝わってくる。挿れたくてたまらないのは、翼だって同じだ。

翼は瑞希の上で身体の向きを百八十度回転させた。これで、彼女と向き合う格好になる。瑞希の太腿を裏側から支えるように高々と持ちあげると、太腿の付け根の部分に焦点を合わせた。

散々に舐め回し、指先でかき回していたので、彼女の蜜肉は蕩けきっていた。包皮に包まれていたクリトリスさえも、半分以上顔を出している。

左右にぱっくりと割れた花びらのあわい目がけて、ゆっくりと腰を突き出す。とろっとろの甘蜜は天然のローションだ。ぬめりによって引きずり込まれるように、女の深部に肉杭を突き立てる。

「あっ、ああ、いいっ……」

瑞希は無我夢中という感じで、翼の体躯に両腕を回してくる。

「はあ、とろとろのじゅくじゅくだぁ……」

翼も恭悦の声をあげた。さらに高々と瑞希の太腿を掲げ持つ。彼女の肢体を見おろしている格好なので、花びらのあわいに肉杭がめり込んでいるのが丸見えになる。

刺激的すぎる光景に、ほんの少し前ならば制御が利かずに欲望の液体を撒き散らしてしまったに違いない。しかし、いまは以前よりもほんの少しだけ余裕が持てるようになった。

相手のペースで腰を振りたくられたら我慢ができないが、自分のペースで腰を使うのであれば、ある程度は辛抱が利くようにようになっていた。

「はあっ、入ってるぅ。奥まで入っちゃってるぅっ……」

太腿を高々と掲げ持たれた瑞希は、若牡の肉銃で貫かれたまま悩ましい声をあげた。

「いいっ、こんなの……」

さらなる欲望を求めるように、瑞希は自らの指先でブラウスに包みれたふくらみを荒々しく揉みしだいた。

ぢゅぶぶ、ぢゅこっ……。

濡れまみれた男女の肉器官が猥褻な音を響かせている。刺激的な抜き差しの音や息遣いが瑞希をますます昂ぶらさせているようだ。

彼女は薄手のブラウスの胸元のボタンをひとつずつ外していく。それにしたがい、ブラウスの胸元が左右にはだけていく。ショーツとお揃いのペールブルーのブラジャーが剝き出しになる。

「ああっ、こんなの……」

まるで邪魔だとでも言いだけに呟くと、瑞希はブラジャーのカップの縁に指先をかけると、それを乱暴に押しさげた。Ｅカップはある乳房が、カップからこぼれるように落ちてくる。

これにはさすがに翼も少々面喰った。しかし、セックスの楽しさは意外性にもあるように思える。普段は大人しそうな人妻の中に潜んでいた貪欲さに、蜜壷の中に埋め込んだペニスがびゅくっ、びゅくんと派手に跳ねあがる。

「はぁん、膣内（なか）で動いてるぅっ……」

瑞希は喉元を大きくしならせた。それでも、乳房をまさぐる指先を止めようとはしない。彼女は親指と人差し指で乳首を摑むと、それを転がすようにきゅりきゅりと弄んでいる。乳房全体を揉みしだくのではなく、つきゅっと尖り立った果実だけを刺激しているのがいかにもリアルな感じだ。

一見おしとやかに見える彼女の中に潜む魔性を感じる。翼に肉杭を突き立てられるだけでなく、自らの指先で胸の頂きを刺激しているのだ。異なる刺激に、瑞希の女体はどんどん高みへと昇り詰めていくみたいだ。

淫壺はきゅんきゅんと切なげな収縮を繰り返し、翼のペニスをきりきりと締めつける。翼も負けじと瑞希のペースに巻き込まれないようにしながら、自らのリズムで女壺の膣壁をこすりあげるように腰を振り動かす。

「ああん、いいわぁ……イッ、イッちゃうっ……！」

その瞬間は唐突に訪れた。床に横たわった瑞希の肢体が大きくバウンドした。床についた尻を中心として、身体が前後に激しく痙攣(けいれん)する。

それでも、翼のペニスは瑞希の花芯に埋め込まれたままだ。

「あっ、ああっ、いいっ、イッちゃってるのに……ああーん、イキッぱなしになっちゃってるぅっ……」

瑞希は狂おしげに肢体をくねらせた。肉柱を締めつける膣圧がいっきに強くなる。まるで太腿の付け根の部分全体が妖しく波打っているみたいだ。いくら堪えようと思っても、射精を促すように肉襞(にくひだ)がリズムを刻むみたいに締めつけてくる。

「そんなにキツくしたら……ぼっ、僕も……ダメだ、我慢ができなくなる。だっ、発射(だ)しても、発射(だ)してもいいっ……！」

それは許しを得るというよりも、宣言に近かった。絶頂を迎えたことにより、瑞希の子宮口は膣口寄りにさがってきていた。まるで激しいディープキスでもするみたいに、亀頭と子宮口が密着する。

そのときだ。翼の脳裏に、白いエプロンから丸見えになっていたまん丸いヒップが浮かんだ。その姿をもう一度見てみたい。それだけでなく、丸見えのヒップを抱き抱えて突き入れたいという衝動が込みあげてくる。

腰の動きを止めると、なぜというように瑞希が見つめてくる。

「お願いがあるんだ。四つん這いになってお尻を高くあげて欲しいんだ」

「それって、後背位（バック）ってこと？」

「そう、瑞希さんのエッチなお尻をじっくりと見ながら、オマ×コにずこずこ突っ込みたいんだ」

翼はわざと下品な言いかたをした。瑞希の瞳がとろんとし、ブラジャーからこぼれ落ちた乳房が揺れる。瑞希はゆっくりと身体を起こすと、翼がリクエストしたとおりの、牡の視覚を魅了してやまない女豹（めひょう）のようなポーズを取った。

「こっ、これでいい……？」

恥ずかしさを誤魔化すためだろうか。瑞希はエプロンから丸見えになっている、濡れそぼった女の割れ目が剝き出しになったヒップを左右にくねらせた。

翼は瑞希の背後に近づくと、エプロンから伸びる邪魔なブラウスをたくしあげた。これで柔らかな尻を隠すものは、なにひとつなくなる。もっちりとした尻を両手でがっちりと掴むと、翼は誘うようにひらめく二枚の花びらの合わせ目に欲望の塊の牡竿をずぶりとねじり込んだ。

「あぁん、いいっ、さっきとは別のところに当たったるっ……」

床の上に乳房のふくらみをぎゅっと押しつけながら、瑞希は高々とあげた熟れ尻を揺さぶった。抜き差しをするたびに、やや白っぽく泡立った蜜液がペニスに執念ぶかげに絡みついてくるのが見える。

翼は尾てい骨の辺りに、力が漲るのを覚えた。前傾姿勢になった瑞希の身体が前後するほどに荒々しく腰を揺さぶる。

「すげえっ、いやらしい割れ目がオチ×チンを締めつけてくるぅっ……」

獣のような格好で深々と繋がりながら、翼は感極まった声をあげた。柔らかい膣肉がぢゅぶぢゅぶという卑猥な音を奏でながら、抜き差しする牡杭にこれでもかとばかりに縋りついてくる。腰を振るたびに淫嚢が太腿の付け根の辺りを穿つ、ぱんぱんという小気味よい音もあがる。

「だめだぁ、我慢できなくなるっ……」

「いいわ、発射して。思いっきり受けとめてあげるっ」

瑞希は翼のほうを振り返った。

「はあ、もうっ、もうっ……射精るぅーっ……！」

子宮口を押し込むくらいに亀頭をこじ入れると、翼は、んんっと低く唸り、堪えに堪えていた樹液をこれでもかとばかりに放出した。

どっ、どくっ、びゅびゅっ……。

堪えていただけに凄まじい勢いで、青臭い液が噴出する。

「あぁっ、すごいっ、いっぱい、いっぱい射精てくるうっ……。あーん、まだ……イキッぱなしよぉ……」

瑞希は感慨深げな声を洩らした。その言葉どおり、翼の分身を咥え込んだ蜜肉は、奥へ奥へと引きずり込むような不規則な収縮を繰り返している。ペニスもまだ萎えてはいない。魅惑的な締めつけを続けられれば、再び高みに昇り詰めていく。

「ああっ、また……ダメだっ。また、また……でっ、射精るっ……！」

瑞希の尻を摑んだ翼の指先に力がこもる。一度放出したはずなのに、鈴口からは再び熱い液体が迸る。

「こっ、こんなの……抜かずの二発なんて……反則だわ……」

掠れた声で呟くと、瑞希は放心したようにフローリングの上に汗ばんだ身体を投げ出した。ようやく翼はまだ半勃起状態の肉茎をずるりと引き抜いた。

二回分の射精をしたのだ。ペニスを引き抜いた途端、どろりとした白い液体が花びらのあわいから滴り落ちた。特有の匂いを放つ樹液は、瑞希の蜜壺からとめどもなく流れ落ちてくる。

「若いって素敵ね。こんなにいっぱい射精ちゃうんだもの」

力尽きて仰向けに横たわった翼の左腕に右手を巻きつけると、瑞樹は耳元で囁いた。肉体の悦びに上気した頬を首筋や頬にすり寄せてくる。瑞希はセックスの後も甘え上手だ。

「うちは主人とはひと回り近くも離れているのよ。最初は大人の余裕みたいなものを感じられたし、頼もしく思えたの。だけど結婚した途端に、お前には専業主婦が向いているって言われて。別に不自由はしないけれど、自宅にこもっているのって虚しくなっちゃうのよね。そのクセに主人は多趣味だから、休みの日だってどこかに出かけているのよ。これは女の勘だけど、他にもオンナがいるような気もするし……」

翼に身体を密着させながら、瑞希は胸の中に抱えていた不満を口にした。

「だから、藍子先輩に誘われてワークショップに参加したときは、すごく楽しかったの。自分で開講するようになったら、もっともっと楽しくなったわ。だから、これからもわたしのことをずっとサポートしてね」

瑞希は翼の手首を摑むと、セックスの余韻にほんのりとピンク色に染まった乳房にぎゅっと押し当てた。

第四章　爆乳人妻の発情

相変わらず藍子が開催するワークショップは盛況のようだ。翼が特に感心したのはワークショップを開催している者同士が、互いの講座に参加し合い交流を深めていることだ。

それによって料理や手芸などに関心がある主婦同士のグループができ、その輪がさらに広がっていく。その恩恵にあやかる形で、翼自身も新たに紗理奈や瑞希を顧客にすることができた。

今日の藍子のワークショップは、家庭用のホームベーカリーを利用したパン作りだ。高級食パン店に行列ができるほど、最近はパンの美味しさにこだわる人間が増えている。

そうなってくると、今度は買うだけでは飽き足らず自身の手で美味しいパンを焼きたいと考えるようになるようだ。パン焼き器も以前よりも機能が増えたり、逆にシンプルで扱いやすいものなど機種も増えている。

今日のワークショップの参加者は五人だ。翼も片付けなどに呼ばれているので、常連の参加者たちから声をかけられることも増えてきた。

その中にはじめて見かける参加者がいた。カラフルなエプロンを愛用する参加者が多い中で、柿渋のような落ち着いた色合いのエプロンを着けている。

その下には、ディープブルーのシンプルなロング丈のワンピースを身にまとっている。品のよさを感じさせるロゼブラウンの長い髪の毛は、作業のために後頭部でくるくるとねじりあげ、ヘアクリップで留めていた。

切れ長の瞳とすっと通った鼻筋。ロゼブラウンの髪の毛に合わせるように、目元や頬もロゼカラーのアイシャドウやチークで彩られている。

塗っているというよりも、ほんのりと色を載せた程度のナチュラルなメイクだ。唇にも赤ワインを思わせるルージュを引いていた。

おそらくは三十代前半だろう。見つめられたらどきりとしてしまうような切れ長の瞳が印象的だ。ファッションもメイクも控えめなのに、つい視線で追ってしまいそうになるのは楚々とした独特の雰囲気のせいかも知れない。

彼女は製パン用の小麦粉で手を白くしながらも、他の参加者たちと親しげに話している。

翼が見かけたことがないだけで、どうやら藍子のワークショップには何度か参加しているらしい。

「翼さんですか？」

呼びかけられて翼は振り返った。

「はじめましてですよね。わたしは高瀬亜寿沙(たかせあずさ)っていいます。藍子さんとは彼女がワークショップをはじめた頃からだから、四年くらいのお付き合いになるかしら。実はわたしもワークショップを開催しているんです。わたしはお料理とかではなくて、レジンを使ったアクセサリーや小物づくりなんだけれど」

「レジン……？」

聞き慣れない言葉に、翼は不思議そうな表情を浮かべた。

「ああ、そうね。男の子はレジンなんて興味がないわね。よくネイルショップでUVライトを使って、ジェルネイルなんかをしているでしょう。要するに液体を型に入れたりしてUVライトを照射して硬化させるんです。その中にドライフラワーやミニチュアの小物なんかを入れると、ちょっと素敵な感じになるんですよ。いま着けているピアスもわたしが作ったものなの」

そう言うと、亜寿沙はピアスを強調するようにゆっくりと頭を左右に振ってみせた。ピアスはティアドロップ型で、その中にはドライフラワーがバランスよく封じ込められていた。

「そうなんですか。亜寿沙さんもワークショップをなさっているんですね」

「ええ、このグループは半分くらいは自分でもワークショップをしているみたいよ。趣味も仲間も増えるから一石二鳥って感じですよね」

亜寿沙は楽しそうに笑ってみせた。

「亜寿沙さん、もう話を進めていたの？」

作業がひと段落ついたのだろう。藍子がふたりの間に割って入ってきた。

「いいえ、まだ自己紹介をしていただけです。細かい話はこれからしようと思っていたところで……」

「そうだったの。ちょうどいいわ。翼くん、こちらの亜寿沙さんも家事代行を探しているんですって。あなたに紹介しようと思っていたんだけど、どうかしら？」

「はい、それはこちらとしても非常に有り難いお話です。ただ、日程の調整などもありますので。もしも僕の日程が合わなくてもうちには優秀なスタッフがいますので、コーディネーターの御厨（みくりや）が責任を持ってご紹介をさせていただきます」

「そうね。でも、その心配は要らないと思うわ。わたしたちはお互いのスケジュールがなるべく被（かぶ）らないように日程を組んでいるから」

「そうなんですね。では、ご希望の曜日と作業の内容をメールでお知らせくださいますか。亜寿沙さんのご都合がいいときに、御厨とともにお試しサービスと契約のご説明に伺うようにします」

そう言うと、翼は作業用のシャツの胸元に入れておいた名刺入れを取り出し手渡した。藍子宅との契約が成立して以来、信じられないようなペースで新規の顧客との契約が増えている。

「それでは、後でメールでご連絡をしますね」

受け取った名刺を確認すると、亜寿沙は女っぽさを感じさせる仕草でエプロンの胸元にしまった。

亜寿沙宅との契約も拍子抜けするぐらいにあっさりと決定した。これにはコーディネーターの麻奈美もさすがに驚いているようだ。

翼としては基本的に土日や祝日には仕事を入れたくはないので、ワークショップを開催している人妻グループだけで四軒もの契約が入ったことで、だいぶスケジュールが埋まったことになる。

　亜寿沙宅での作業内容は、室内の清掃などがメインだった。ワークショップはお茶などを振る舞えるようにリビングで行うが、その他に亜寿沙がレジンの製作のために使っている作業部屋が二階にあるという。

　亜寿沙が作るアクセサリー類は評判がいいようで、ネットなどでも販売しているとのことだった。

　家事代行の初日、玄関から招き入れられた翼は事前に書いてもらった作業の指示書を手に、再度室内を確認した。前回はリビングは見せてもらっていたが、作業部屋には足を踏み入れてはいなかった。

「とりあえず、物が多すぎて収拾がつかなくなっちゃってるんだけど……」

　若草色のワンピース姿の亜寿沙は作業部屋のドアを開いた。

　うわあっ……これはすごいや……。

　室内をのぞき込んだ瞬間、翼は唖然（あぜん）としたように目を見開いた。室内の中央には作業用の大きなテーブルとマッサージチェアがでんと据え置かれている。それを取り巻くように、金属製のラックが壁際に何台も並べられていた。

　六段ほどのラックには、工具や小物類が種類ごとにプラスチックケースに入ってずらりと並んでいる。見ているだけで圧巻だが、大地震などがあってラックが倒れてきたとしたら逃げ場がない感じだ。

「わたしって凝り性なんです。いまはレジン細工がメインだけど、レザー細工なんかにもハマっていた時期があって。そうなると、工具類も増える一方で。主人も最初は怒っていたけれど、いまは諦めてしまったみたいでなにも言わなくなりました。もっとも、普段からあまり会話もないいんです。夕食は一緒に食べるけれど、主人はリビングで過ごす時間が多いし、わたしは作業部屋にこもってばかりいるから、ある意味家庭内別居みたいな感じなんです。でも、別に仲が悪いってわけでもないいんですよ」

過去に作った作品の思い出が詰まっているのだろうか。亜寿沙は壁際のラックを愛しげに眺めた。

「ラックの中身は一見ばらばらに見えるかも知れないけれど、これでも一応使いやすいようにまとめてあるんです。だから、作業部屋については、床などにクリーナーをかけてくれる程度で大丈夫ですから」

「しかし、これだけラックが並んでいるとどこかの工房みたいですね」

「そうですね、実際に工房みたいなものですよね。結婚前に揃えたものが多いからいいけれど、主人に黙って買い揃えていたら怒られてしまいそうだわ」

内緒よと言うように、亜寿沙は笑っている。彼女は若草色のシンプルなワンピース姿だ。緩やかなカールを描くロゼブラウンの髪の毛は、後頭部でまとめずに垂らしていた。

前回はディープブルーのワンピースだったが、今日は淡い色合いのワンピースだ。身に着ける服の色合いの違いだけで、なんとなく華(はな)やいで見える気がした。

今日はシックな色合いのエプロンは着けていない。ワンピースの生地が薄手のせいか、ボリューム感がある胸元に布地が密着している。

そのために嫌でもバストに視線が吸い寄せられてしまう。藍子はFカップだが、それよりも大きそうだ。それだけではない。適度にくびれたウエストからぎゅんと大きく張りだしたヒップも実に見事なものだ。

巨乳爆尻の人妻とふたりきりでいると思うと、仕事だと割りきらなければと思っていても、邪な気持ちが下腹の辺りから湧きあがってきてしまう。

藍子たちに誘惑されて関係を持ってしまっただけに、イケないことだとわかっているはずなのに淫らなことを期待してしまうのは、もはや条件反射のようなものだ。

「ワークショップの前の日に、リビングと作業部屋の掃除をお願いしたいわ。時間が余れば、洗濯機も回してもらえると助かります。乾燥機があるから、下着類や乾燥機が不可の物以外は乾燥機に入れてもらえるかしら。ブラジャーは乾燥機に入れると、肩紐がダメになっちゃうから特に気をつけてね。乾燥機に入れられないものは、二階のベランダに干してもらいたいんだけど」

亜寿沙の口から発せられたブラジャーという言葉が刺激的すぎる。見るからに重たそうな乳房を包み込むカップの大きさを連想しただけで、呼吸が乱れてしまいそうだ。

「それでは洗濯機を回してから、まずはリビングの掃除からはじめますね。それが終わったら、作業部屋に伺って次の指示を仰ぎますね」

「流石（さすが）はプロですね。作業の段取りが素晴らしいわ。じゃあ、お願いしますね。わたしは作りかけのレジンの作業の続きをするから、なにかあったら作業部屋に聞きに来てくださいね」

亜寿沙から指示を受けると、翼はまずは洗濯に取りかかった。いままではなぜか洗濯は任されてはいなかった。社内のマニュアルではブラジャーやショーツ、男物の下着類を含め、種類別に洗濯ネットに入れてから洗濯機を回すことになっている。

翼は洗濯ネットに使用済みの下着を仕分ける作業からはじめた。

うわあっ、でっかいっ……。

亜寿沙のブラジャーを目にした瞬間、翼は目を見開いた。カップはまるで小玉スイカが入りそうな大きさだ。それも赤や黒、紫といったインパクトのある色の物ばかりだ。

身に着けているファッションは比較的シックな色合いなのに、ランジェリーは派手めな色やデザインが好みらしい。

ショーツを洗濯ネットに仕分けていると、図らずもクロッチ部分が目に入る。濃い色のショーツのクロッチ部分は、船底も表地と似た色合いだ。そのため、クロッチ部分には、女淫に密着していた縦長の卑猥な汚れがついているのがわかる。いわゆるオリモノというやつだろう。

ここが仕事場でなければ、思わず使用済みのブラジャーやショーツに鼻先を寄せ、これ以上は吸い込めないほど胸の底まで匂いを吸い込みたくなる。翼は好奇心を煽り立てる蠱惑的なランジェリーを手にしながら、懸命に性的な衝動を抑え込んだ。

洗濯物を仕分けし、洗濯機を回しながら、リビングダイニングの清掃をする。ちょうど掃除が終わる頃に、洗濯機が止まった。生地が繊細な下着類などは乾燥機にかけられないので、洗濯ネットから取り出し、二階にある物干し竿にかけた。

乾燥機が回っている間は仕事はないので、亜寿沙の仕事部屋のドアをノックする。

「ちょうどよかったわ。入ってきて」

作業部屋から聞こえてきた声に、翼はドアを開けた。亜寿沙は作業の真っ最中のようだ。ワンピースの上に、黒いエプロンを着けている。

作業机の上には、製作途中と見られる細かいパーツが並んでいた。

「ちょっと困ったことになっちゃったの。いつもは自動式のUVライトを使っているんだけど、壊れてしまったみたいなのよ。そうなると、手動式のUVライトを照射して硬化させるしかないんだけど」

亜寿沙は困惑したように、肩をすくめてみせた。

「ライトを当てないと固まらないんですか？」

「そうなの。液体なのに紫外線を照射すると硬化するって不思議よね。それで、お願いがあるんだけど。パーツが固まるまで、手動式のUVライトを当てていて欲しいのよ」

「僕がですか？」

「ええ、ちょっと細かい作業を続けていたものだから、同じ姿勢を取るのがちょっと辛くて……」

亜寿沙は労わるように右肩を左手で押さえた。作業用のテーブルの上に載っているのはペンダントヘッドだろうか。カラフルなドライフラワーなどが埋め込まれていて、見るからに凝ったデザインだ。

　この部屋に置かれているのは、黒い合皮張りのマッサージチェアだ。細かい作業をするので、ときおりマッサージをしながら作業をしているのだろうと想像がついた。

「レジンって完成すると、ガラス細工っぽく見えるけれど、ずっと軽いのよ。だから、凝ったデザインが人気があるの。申し訳ないんだけれど、硬化するまで手動式のライトを照射してくれないかしら。特に難しい技術は要らないから」

「作品にＵＶライトを当てるだけでいいんですよね」

　亜寿沙はテーブルの上に置いてあった、手動式のＵＶライトを翼に手渡した。パッと見ると、小型のＬＥＤライトみたいな感じだ。

「とりあえずライトを照射したら、レジンが固まるまではあまり動かさないでいてくれるかしら。そうね、わたしと場所を替わったほうがいいわね」

　翼は小さく頷くと、亜寿沙が腰をおろしていたマッサージチェアに座った。座面には彼女の温もりが残っている。なんだか亜寿沙の身体に触れたような錯覚を覚えてしまう。

「じゃあ、左側に置いてあるパーツから順番に当ててもらってもいいかしら」

　亜寿沙はテーブルの上に置かれた四個ほどあるパーツを指さした。言われるままにテーブルの上に置かれた、製作途中のレジンに向かってライトを照射する。

本来の業務以外のことを要求されたとしても、危険などが伴わない限りはできるだけ臨機応変に対応できることも、家事代行業者に求められる能力のひとつだ。

「ええと、どのくらい当てていればいいんですか？」

「そうね、作品によっても違うんだけれど……。硬化するまでは触れないのよ。硬化する前に触ったら指紋が残ったり、形が崩れてしまうの。だから、少し長めに当てていて欲しいのよ」

亜寿沙はマッサージチェアに座ってＵＶライトをかざす翼の左側に回り込んだ。マッサージチェアの座面の両サイドは、肘を載せられるようになっている。

亜寿沙は肘かけの部分にぷりっとした尻を載せると、不安定な体勢を支えるように翼の左肩に寄りかかった。ライトの当たり具合を確認するように、やや前のめりになってのぞき込む。

「そうそう、上手よ。翼くんがいてくれて助かったわ」

硬化の具合を観察するように、亜寿沙の肢体がますます前傾姿勢になる。

あっ、当たってる……。

翼は背筋がびゅくんと蠢きそうになるのを堪えた。使用済みのブラジャーのカップで確認した大きすぎる熟れ乳で、左腕を挟まれるような感覚。柔らかいのに、しっかりとした弾力で上腕二頭筋を押し返してくる。

思わず、苦痛とも快感ともつかないような喉の奥に詰まった声が洩れてしまいそうになる。

「ちゃんとUVライトを照射してね。そうでないと硬化しないから」

亜寿沙は翼の耳元に唇を寄せると、鼻にかかった甘え声で囁いた。耳元にかかる呼気の熱さに肩先がびゅくっと上下しそうになる。しかし、翼はそれを懸命に堪えた。

いまの翼に与えられた仕事は、UVライトを的確に当て続けることだ。彼女の身体の柔らかさや温もりにいちいち動揺していては、任務をこなすことはできない。

「わっ、わかっています。ちゃんと当たっていますよね？」

「大丈夫よ。当たってるわ」

当たってるって……それは亜寿沙さんのおっぱいだよ……。

けっして口には出せない言葉を翼は胸の中で呟いた。意識を集中させなくてはいけないのは、UVライトを当てている目の前のパーツだ。

それなのに、意識はどうしても左腕を包み込むような蠱惑的なふたつのふくらみに向かってしまいそうになる。

「どうしたの、なんだか息が荒くなっているみたいだけれど？」

「いえっ、そんなことありません。そんな……」

翼が言いかけた言葉を遮るように、亜寿沙の指先がシャツに隠された男の胸の小さな突起を軽やかにクリックする。

シャツの上からだというのに、彼女の指先は的確にちゅんとした乳首を刺激してくる。まるでシャツの中身が透けて見えているみたいだ。

「あっ、こっ、困りますっ」

翼はくぐもった声を洩らした。ＵＶライトを持った右手が小刻みに震えそうになってしまう。

「翼くんの仕事はＵＶライトを照射して、レジンを固めてくれることでしょう。ライトが上手く当たらなくて、作品が失敗作になるほうが困ってしまうわ」

年下の男の狼狽（ろうばい）を楽しむように、亜寿沙はシャツの上から人差し指で乳首をゆるゆるとこねくり回す。

「ぁあっ……」

堪えようと思えば思うほどに、左の乳首が硬くなっていくのがわかる。翼は小さな喘ぎ声を洩らした。

「あんっ、色っぽい声を出したりして、翼くんって可愛いのね」

亜寿沙の声が艶っぽさを増す。細かな作業が多いレジン細工をしているためか、亜寿沙は爪をあまり長くは伸ばしていない。指の腹とかすかに伸びた爪の先で、乳首をやわやわともてあそぶ。

「あっ、亜寿沙さんっ、そろそろ固まってないですか？」

狂おしげにわずかに肩先を揺さぶりながら、翼は視線だけを亜寿沙のほうへと向けた。レジンは翼にとっては未知の領域のものだ。そのために、固まっているかどうかを目視で確認することはできない。

「うーん、そうねえ」

焦らすように、亜寿沙は壁にかかっていた時計をちらりと見やった。

「そろそろ、いい頃ね。じゃあ、次はその右隣りのパーツへUVライトを照射して。いい、焦ってはダメよ。硬化し損なったら、台無しになってしまうのを忘れないで」

「わっ、わかりました。右隣りのパーツですね」

翼は手にしていたライトをゆっくりと右へと移動させた。

「そうそう、上手だわ。はじめてとは思えないくらいよ」

亜寿沙の声はとても楽しげだ。肘かけに腰をおろした彼女は熟れ尻をくねらせると、わずかに座り位置を直した。本来は座る場所ではない肘かけに、ぷるんと大きく張りだしたヒップを載せるのは、やはり不安定なようだ。

　翼はテーブルの上に置かれたパーツにUVライトを照射するために、かなり浅めに腰をおろしている。そのためにマッサージチェアの広めの座面は、後ろが半分くらい空いている。

　前のめりになった翼の背後に、亜寿沙は右手を伸ばし右側の肘かけに手をついた。右手に体重をかけることで不安定だった体勢が安定する。

「まだまだパーツは残っているんだから、しっかりと頑張ってね」

亜寿沙は目元を緩めると、にんまりと笑ってみせた。藍子のワークショップではじめて会ったときには楚々として見えた亜寿沙とは、まるで別人のように思えてしまう。

「硬化するまでには、まだまだたっぷりと時間がかかりそうね」

亜寿沙は翼の耳元に唇を寄せると、舌先を伸ばし耳孔の中をちろりと舐めあげた。

ぬるっ、ちゅるるるっ……。

鼓膜に極めて近い場所で、舌先がエロティックな音を奏でる。マッサージチェアの座面についた臀部から背筋にかけて快感が湧きあがってくる。

「はあ、亜寿沙さんっ、そんなこと……ダッ、ダメですっ……」

床についた両足が甘美感を抑えるみたいに、無意識のうちに内股になってしまう。

「ダメですって、だったらどんなことならばいいのかしら？」

なにかを企（たくら）んでいるような囁きを聞くだけで、身体の内側に淫靡な予感が湧きあがってくる。それを振り払うように、翼は右手に持ったUVライトを握り直した。

「男の子のダメはもっとと同じって意味だって、藍子さんが言っていたような気がするんだけど……」

意味ありげな言いかたをすると、亜寿沙は翼の左耳を甘噛みした。まるでソフトキャンディーでも舐め回すみたいに、前歯で軽く嚙みながら舌先をねっとりと絡みつかせる。

「そんなふうにされたら……」

「されたら、どうなっちゃうのかしら？　すっごく興味があるわね」

声を震わせる翼の耳の穴に舌先を挿し入れると、亜寿沙は息を吹きかけるのではなく、音を立ててずずぅっーと吸い込んだ。息を吹きかけられるよりも、何倍も背筋がざわざわするような感覚が湧きあがってくる。

翼はUVライトを摑んだ右手を小刻みに震わせた。それでも、レジンが硬化するまではライトを照射し続けなくてはいけない。

固まりかけたレジンの上にライトを落下させたとしたら、いままでの苦労が無になってしまう。それだけでは済まないだろう。亜寿沙宅との契約を打ち切られてしまうかも知れないし、場合によっては責任問題になってしまうかも知れない。

かろうじてライトを落とさずにいるのは、家政夫としての使命感からだった。

「いい感じね。男の子が我慢している顔って、すっごくセクシーに見えるわ」

肘かけを摑んだ右手で身体を支えていることによって、亜寿沙の左手は自由になっていた。

その指先が耳元の辺りから首筋の辺りを、さわさわと何度も上下に撫で回す。上から下へ、下から上へ。軽やかな指使いはまるでハープでも奏でているみたいだ。

「あっ、はあっ……」

繊細な指使いによって、翼の喉元が悩ましい音色を洩らす。もっといい音が出るようにと、亜寿沙は翼の感じる部分を探るように指先をゆっくりと這わせていく。

首筋を弄んでいた指先が、今度は脇腹から脇の下の辺りをそろりそろりと這いあがる。まるで体毛の流れに逆らうようなソフトなタッチの指使い。

体躯を動かさずにUVライトを照射しなくてはいけないはずなのに、地団駄を踏む子供のように身体を左右にひねりたくなるような衝動が突きあげてくる。

「本当に感じやすいのね。喘いでる顔を見ていると、もっと感じさせたくなっちゃうわ」

声を潜めるように囁くと、彼女の左手がやや内股気味になっている太腿の上へ載った。肘かけに座った身体を安定させるためではないことは、すぐにわかった。

女の子が電車の座席に座るときのように両膝をぴっちりと合わせた翼の太腿を、亜寿沙の指先がゆるゆると撫で回す。ズボンの上からでも、その指使いのなめらかさが伝わってくる。

「あ、亜寿沙さん、もうそろそろ……」

「えっ、なあに?」

「固まってるんじゃないですか……?」

「ああ、そうね。そろそろいい頃合いかしら。じゃあ、次のパーツに照射して」

「わっ、わかりました。はああっ……」

翼は大きく深呼吸をすると、ライトの角度を調節した。これでふたつのパーツの硬化には成功したことになる。残りはあとふたつだ。

「頑張ってくれて本当に嬉しいわ。そうでないと作品がダメになってしまうでしょう」

亜寿沙は翼に賞賛の言葉を投げかけた。

「ありがとうござ……」

返答をしかけた翼の声が裏返る。太腿を愛撫していた亜寿沙の指先が、太腿の隙間にするりと潜り込んだからだ。ほっそりとした指先が、肉の柔らかい内腿を小さく大きくと円を描くように撫でさする。

「あっ、そこは……」

翼は喉元を反らして、掠れた声をあげた。

「そこはって……ここのことかしら？」

亜寿沙には年下の男が見せる反応が新鮮でたまらないみたいだ。内腿をまさぐる指先が、少しずつ太腿の付け根のほうへとあがっていく。

内腿の間に力を入れようと思っても、意に反して思うように力が入らない。それに対して手芸が趣味だという亜寿沙の指の動きはしなやかだ。あっという間に、肉づきが薄い太腿の付け根にたどり着く。

「そこは……本当に……」

ダメですと言いたいのに、短い言葉が出てこない。絶対に落とすことができないライトを手に、翼は懊悩の表情を浮かべた。

太腿の付け根には、普段はトランクスの中で気温や気分に合わせて大きさを自在に変える淫嚢がぶらさがっている。

亜寿沙の指先が、ズボンとトランクスの上から玉袋をそっと悪戯する。きゅっ、きゅんと指先を軽やかに食い込ませたかと思えば、今度はふたつの玉袋をこすり合わせるように優しく包み込む。

女にはない部分だけに、亜寿沙には淫嚢の蠢きが不思議でたまらないみたいだ。執念ぶかく指先を絡みつかせてくる。

「はあっ、そんなに……いやらしくいじられたら……」

翼は胸を喘がせた。それでも、ライトだけは握り締めていなくてはならない。淫らな悦びに没頭しきれないのは拷問にも似ている。

「どうしたの、エッチな声を出したりして」

「だって、亜寿沙さんがぁ……」

不覚にも甘ったれた声が洩れてしまう。

「もう、翼くんったら。本当はいやらしいことが大好きなんでしょう？」

物言いは柔らかいが、亜寿沙の言葉は核心を突いてくる。

「ダメですって、それ以上されたら……ライトを当てられなくなります」

亜寿沙の指戯から逃れようと、翼は言い訳めいた言葉を口にした。

「もう、そんなことを言えば逃げられると思っているのかしら？」

翼の言葉に亜寿沙は時計に視線をやった。

「わかったわ。そろそろ固まった頃合いね。最後のひとつにライトを当ててくれる」

「はっ、はい、わかりました……」

翼は眉頭にぎゅっと皺を刻むと、最後のパーツにライトを照射した。ズボン越しとはいえ、玉袋を好き勝手に蹂躙されたのだ。奇妙な蠢きを見せているのは、淫嚢だけではなかった。

亜寿沙の指先が、ズボンのファスナー部分をゆるりとなぞりあげる。

「あららぁ、ＵＶライトを当てた訳でもないのに、こんなところまで硬化しちゃってるみたいよ」

ズボンの股間部分に指先を食い込ませながら、亜寿沙はまるで悪戯っ子を諌める保育士のような口調で言った。

「あっ、そんなこと……そんなこと……」

翼は口元をわななかせた。

「そんなことはないって言いたいの。だったら、これはなにかしら？」

亜寿沙は少し意地悪な口調で囁くと、ズボンの上からでもはっきりと勃起しているのがわかるペニスを、手のひら全体で包み込み、上下に何度も何度もさすりあげた。

「あっ、あああっ……」

レジンのようにがっちりと硬化してしまった肉柱を、手のひらで包まれては誤魔化しようがない。翼は口元をヒクつかせた。

「すごいわね。レジンみたいに硬くなっちゃうのね」

好奇心に満ちた亜寿沙の視線は、隆起したズボンの股間に注がれている。

「ココは硬くなっているけれど、レジンはまだ硬化しきっていないんだから動いたらダメよ」

言い聞かせるように囁くと、亜寿沙はマッサージチェアの手すり部分からおりた。マッサージチェアに浅く座った翼の左斜め前にしゃがみ込むように膝をつくと、有無を言わせずズボンのベルトを外した。ぴちぴちに張りつめたファスナーの金具を摑み、じりじりと押しさげていく。

翼の右手にはUVライトが握り締められたままだ。レジンが完全に硬化するまでライトを照射するように言われているので、なにをされようともどうすることもできない。

ベルトが外されファスナーを引きおろされたズボンの合わせ目からは、牡らしさを滾らせたペニスによってフロント部分が盛りあがったトランクスがのぞいている。

「ここにはなにが詰まってるのかしら？」

わざとらしいほどにはしゃいだ声をあげると、亜寿沙はトランクスの前合わせから少し強引に肉茎を引きずり出した。

「あっ、そんなっ……」

外見は楚々として見える亜寿沙の暴挙に翼は困惑を隠せない。どんなことがあっても落としてはいけないと握り締めていたＵＶライトが、ついに手のひらからこぼれ落ちてしまった。

「あわわっ、ごっ、ごめんなさいっ」

ガチャンと派手な音を立ててテーブルの上に落ちたライトは、幸いなことに硬化処理をしていたパーツには当たらなかった。

それでも、最後のパーツが完全に硬化できていたかはわからない。ズボンの合わせ目から、赤みの強いピンク色の勃起したペニスを露出させたまま、翼は狼狽えるばかりだ。

「もう、勝手にライトを落としたりしたらダメじゃないっ」

責めるような亜寿沙の言葉が、翼の胸に突き刺さる。失敗に落ち込む翼の胸の内と同調するみたいに、剝き出しになったペニスから力が抜け落ちかける。

「大丈夫よ。パーツはもう完全に硬化していたから問題はないわ。よかったわね」

亜寿沙はテーブルの上のパーツを手にすると、指先で撫でてその表面を確かめた。

「よっ、よかったですっ……」

翼の口元から安堵の吐息がこぼれる。同時に露わになったままのペニスもひゅくりと鎌首を上下させる。

「んふっ、こっちも無事だったみたいね」

裏筋の辺りまで先走りの液体が滴り落ちた肉柱を目にすると、亜寿沙は目元を緩めた。短めの爪にはナチュラルベージュのネイルが塗られていた。その指先で、根元の辺りから裏筋の辺りまでをゆっくりとなぞりあげる。

「ああっ、気持ちいいっ……」

UVライトを手にしていた緊張感から解き放たれた翼は、淫猥な呻き声を洩らした。

「若い子は素直なほうが可愛いわね」

床に膝をついた亜寿沙は、若々しさを隠さないペニスに向かって苺のように表面が粒だって見える舌先をぬうっと伸ばすと、自らの人差し指をちろちろと舐めてみせた。

妖しく蠢く舌先を見ただけで、ぷりっと割れた鈴口からさらにだらだらと牡汁が噴きこぼれてくる。

「ふふっ、ずいぶんと元気なのね」

感慨ぶかげに囁くと、亜寿沙は年下の男の肉欲の棒にむしゃぶりついた。少しずつ飲み込むのではなく、いっきに喉の奥深くまで咥えていく。

はじめて会ったときは楚々とした人妻という印象だった亜寿沙が、淡いチークで彩られた頬を破廉恥にすぼめて、口内粘膜を若茎にべったりと密着させている。

「ううっ、亜寿沙さんっ……」

快感のあまり、翼は年上の人妻の名前を呼んだ。夫以外の男に名前を呼ばれたのがよほど嬉しいのだろうか。亜寿沙の口唇奉仕がさらに情熱的になる。

じゅぷ、ぢゅるちゅちゅっ……。

亜寿沙は深々とペニスを飲み込んだまま、舌先をねちっこく絡みつかせてきた。若い男のエキスを吸い尽くすみたいに、尿道口からとめどなく溢れ出す先走りの液体を卑猥な音を立てながらすすりあげる。

「ああーんっ、すっごい硬いっ……」

亜寿沙はロゼブラウンの髪の毛を左右に揺さぶりながら、女の情念を丸出しにして喰らいついてくる。若い男特有の少しがっついた性欲とは違う、年上の女の欲望の強さをまざまざと見せつけられるみたいだ。

「どうしたらこんなに硬くなるのかしら。主人ったら全然なんだもの。レジンを塗りたくってUVライトを照射したら、少しは硬くなるのかしら？」

冗談とも本気とも思えないことを口にしながら、前のめりになった亜寿沙はペニスに舌先を巻きつけてくる。

シンプルなデザインのワンピースの胸元が前かがみになったことにより、胸の谷間がよりいっそう強調される。若草色のワンピースからちらりとのぞくのは、血のように赤いブラジャーだった。

翼だって若い男だ。ましてや童貞を卒業したばかりで、一番女体に関心がある年頃でもある。気が付いたときには本能のままに腕を伸ばし、ワンピースの胸元を押しあげる柔らかそうな乳房を両手で鷲摑みにしていた。

亜寿沙から押し付けてきた乳房を上腕二頭筋で感じていたよりも、手のひらで直接揉みしだくほうがはるかに牡の本能を直撃する。

ブラジャーを洗濯するためにタグを確認したときには、七十五のGカップの表記があった。Gカップといえば、グラビアアイドルやセクシー女優くらいしか、そのボリユームの表記に見合う乳房の持ち主はいないだろう。それも整形などの作り物ではない、天然ものならば超レアものだ。

「ああっ、すごいっ、デカいし、むちむちしてるっ……」

翼は熟れきった巨乳に指先を食い込ませながら、感極まった声を洩らした。ブラジャーの中の果実は男の指先での弄いにわずかに硬さを増し、乳輪から筒状の乳首を隆起させている。

興奮すれば、男も女も性的な部分が硬くしこり立ったり、淫らな液体を滲ませたりすることを実感してしまう。

「ああんっ……いやらしいんだからぁ……」

ついさっきまでは、亜寿沙が翼の身体をいいようにしていたはずだ。それなのに、立場が変わった途端に彼女はほのかに背徳感を滲ませる。だが、熟しきった肢体が性的な悦びを求めているのは、紛れもない事実だった。

亜寿沙が身に着けているのは、薄手のワンピースだ。背中にファスナーなどがあるわけではないので、裾をたくしあげ首から引き抜くしか脱がせる手立てはない。

誘ったのは亜寿沙のほうだ。それが翼を強気にしていた。翼は彼女のワンピースの裾を両手でしっかりと握り締めると、やや強引な感じでずるずるとまくりあげた。

鮮烈な赤い色合いのブラジャーとお揃いのショーツが少しずつ露わになっていく。ショーツのフロント部分には、漆黒の薔薇のモチーフが縫いつけられていた。お揃いのブラジャーのカップにも黒い薔薇のモチーフがついている。地味めな普段着とのギャップも重なって、牡を挑発するような赤と黒のコントラストが実に刺激的だ。

ランジェリーだけをまとった姿になると、亜寿沙はますます大胆になった。自ら背中に両手を回して、Gカップのブラジャーの後ろホックをぷちんと外す。

ぼろんっという音を響かせるように、かなり大ぶりな柑橘類を思わせるサイズの乳房がまろび落ちてくる。

乳白色の肌はきめが細かく、乳輪の色も淡いピンク色だ。それでも、乳房が大きいだけあって、乳輪はやや大きめに感じられた。まるで洋物のセクシービデオに登場する女優みたいな迫力に満ちている。

「わたしだけ、こんな格好なんて不公平だわ」

可愛らしい唇をにゅんと尖らせると、赤いショーツだけを身に着けた亜寿沙はマッサージチェアに腰をおろしたままの翼の身体に挑みかかるようにして、シャツやフォスナーがおろされていたズボンなどを荒々しい感じで奪い取りにかかった。

男と女には圧倒的な腕力の違いがある。力ではまず負けるはずはない。ただ、相手が顧客だと思うと逆らえなくなってしまう。翼は覚悟を決めたように全身から力を抜き、されるがままになった。

亜寿沙はショーツを着けているが、翼は生まれたままの姿にされてしまった。

「お互いに、いやらしい格好ね。見られてると余計に感じちゃうわ」

見るからに重たそうな爆乳を晒しながら、いまさらながら亜寿沙は恥じらうような言葉を口にした。黒い薔薇のモチーフが縫いつけられた赤いショーツは、やや土手が高い女丘を強調している。

「もうっ、辛抱できなくなっちゃう……」

ひとり言みたいに呟くと、亜寿沙はまるでストリップでもするかのように翼の目の前でショーツのサイド部分に指先をかけた。少しおろしては、翼の反応を窺(うかが)うように、ほんの少しだけずりあげてみせる。

フラダンスを踊るように大きく張りだしたヒップを左右に振ったり、身体を半周させてヒップの大きさを見せつけるように突き出すことも忘れない。マッサージチェアに全裸で座った翼の体躯は前のめりになるばかりだ。

「ねえ、ちゃんと見てる……？」

そう言うと、翼に向かって背を向けた格好の亜寿沙はヒップを強調するような前傾姿勢になった。ビキニタイプのショーツの両サイドに指先をかけると、熟れ尻を左右にくねらせながらゆっくりと引きおろしていく。

ショーツが引きおろされるにしたがい、亜寿沙の尻の割れ目があからさまになっていく。割れ目だけではない。その奥に潜む秘密めいた部分までもだ。赤いショーツが床の上にひらひらと舞い落ちる。

縦長の切れ込みから滲み出すフェロモンの香りに誘われるように、マッサージチェアに座った翼のペニスに牡の逞しさが漲っていく。

「ねえ……」

しなを作りながら、亜寿沙がゆっくりと振り返る。ショーツに包まれていたときにはわからなかったが、こんもりと隆起した恥丘の上にはあるべきはずの若草が一本も見当たらない。

「ああ、これ？　主人ったらアッチのほうはさっぱりなのに、浮気防止だってたまに一緒にお風呂に入ったときに剃（そ）っちゃうの。生えかけって逆にチクチクするから気になって、自分でも剃るようになっちゃったのよ。丸見えになっちゃうから恥ずかしいわ」

恥ずかしい秘密を打ち明けながらも、亜寿沙は無毛の下腹部を隠そうとはしなかった。恥丘に切れ込みがすーっと入っているのが、なんとも卑猥に思える。

「ねえ、どうしたい？」

「どうしたいって……そんなふうに言われたって……」

翼は言い澱んだ。ぷりぷりとした爆乳巨尻の人妻の肢体を見せつけられているのだ。挿入したいに決まっている。だが、ふたりの関係を考えれば、翼からはそんなことを口に出せるはずがない。

「言えないのね。わたしってそんなにイケてないのかしら。女としての自信を失っちゃいそうだわ。わかったわ、わたしは後でひとりエッチでもするわ」

亜寿沙は拗ねたように肢体を揺さぶった。桃というよりも晩白柚を連想させるような大きな尻が左右にうねり、床の上に落ちたショーツを拾おうとする。

もう、我慢ができなかった。

「しっ、したいです。亜寿沙さんとエッチがしたいですっ」

翼は声を振り絞った。下腹を打ちそうな角度で反り返る肉棒も、見るからに柔らかそうな蜜壺に包まれたいと訴えている。

「エッチがしたいだなんて言われたら、興奮して歯止めが利かなくなっちゃうっ」

亜寿沙は自らの爆乳を両手で支えるように持つと、これ見よがしに肢体を左右にくねらせた。翼はマッサージチェアに腰をおろしたままだ。

「いいわ、翼くんはそのままそこに座っていて。でも、もう少し深めに座り直してくれるかしら」

一糸まとわぬ姿になった亜寿沙の姿は、まるで西洋の絵画みたいだ。亜寿沙はマッサージチェアの肘かけの部分を両手で摑むと、座面にゆっくりと両膝をついた。これで翼と椅子の上で向かい合う体勢になる。

亜寿沙は真っ直ぐに翼の顔を見つめてくる。切れ長の瞳で見つめられると、心の奥底までのぞかれているような気持ちになってしまう。翼は視線をぎこちなく泳がせた。

「もう、そんな顔しないで。はじめてってわけじゃないんでしょう。ちゃんとわたしの顔を見て」

翼の顔をじっくりと観察しながら囁くと、亜寿沙はゆっくりと唇を重ねてきた。半開きの唇を斜に構えた口づけ。すぐに亜寿沙の舌先が伸びてきて、翼の唇の中に潜り込んでくる。

ぬめついた舌先の感触を感じると、もうどうなってもいいような心境になってしまう。翼も舌先を伸ばし、絡みついてくる舌先に応戦する。

「ああっ、いまのわたしたちって、きっとすっごくエッチな格好よね」

亜寿沙はとろみのある声で囁くと、マッサージチェアに座った翼の太腿の上にゆっくりと跨ってきた。亜寿沙が少しずつヒップを落としてくる。

「あっ、翼くんのが当たってるっ」

悩ましい声を洩らしながら、亜寿沙は胸元を揺さぶった。マッサージチェアの上で全裸で向かい合うように腰をおろしているのだ。こんないかがわしいシーンはそうそうないに決まっている。

下腹部がじぃんと熱を帯び、ペニスはスキーのジャンプ台みたいな角度で反り返っている。その先端がとろっとろの蜜にまみれた、亜寿沙の花弁をそっとなぞりあげる。

「ああっ、オチ×チンの先っぽがオマ×コに当たってる。クリちゃんをつんつんと刺激してるの。はあっ、もっともっと欲張りになっちゃいそうよ」

亜寿沙は淫らな言葉を口走りながら、体重をかけるようにぷりぷりとしたヒップの割れ目を亀頭目がけて押しつけて、敏感な部分がこすれ合う感触を楽しんでいる。

ぬぷっ、にゅるぢゅるっ、にゅるるっ……。

互いの敏感な部分は粘液によってぬるぬるになり、亜寿沙がわずかに尻を前後に揺さぶるだけではしたない音を奏でている。

「んっ、クリちゃんもたまんないけれど、もっと奥まで欲しくなっちゃうっ……」

うなじの辺りにずんっと響くようなセクシーな声をあげると、椅子の上に膝をついて跨っていた亜寿沙は翼の下腹部めがけて豊臀を落としてきた。

ぢゅちゅっ、ぢゅるぷぷっ……

翼の小さな乳首や股間をもてあそびながら興奮していたのだろう。湿っぽい音を立てながら、亜寿沙の蜜壺が威きり勃った肉柱をゆっくりと飲み込んでいく。

「ああん、いいっ、オチ×チンがぁ……オチ×チンが入ってくるぅっ……」

亜寿沙は両手を翼の首に回すと、その身を委ねてきた。熱い潤みに満たされていた蜜壺の中に飲み込まれた途端、翼の唇からも淫らな喘ぎ声が迸る。

「はあっ、オマ×コが……きゅんきゅん締まるっ……オチ×チンに絡みついてくるみたいだっ」

翼はマッサージチェアの背もたれにもたれかかるようにして、顎先を突き出した。

翼の太腿の上に大きく足を広げて騎乗した亜寿沙は、蜜壺の中に迎え入れた肉杭の感触を楽しむように、巨大な西瓜（すいか）を連想させる尻を緩やかに振り動かしている。

「きっ、気持ちいいっ、ねえっ、翼くんだって感じるでしょう？」

年上の人妻の甘えるような口調が、翼の心身をいっそう炎上させる。翼は身体に力が漲るのを覚えた。大きく唇を開くと、亜寿沙の口元に重ねる。舌先同士を絡みつかせ唾液をすすり合うような激しいキスを交わすと、息苦しさを感じるほどだ。

しかし、その息苦しささえも快感を何倍にも増幅させる。軽い酸欠状態に陥っているのだろうか。蜜壺がきりきりとペニスをしごきあげる。

亜寿沙のペースで腰を使われたら、いつまで持ちこたえられるか自信がない。たとえどれほど我慢をしたところで、亜寿沙が納得するまで解放されることはないだろう。

だっ、だったら……。

翼は奥歯をぎゅっと噛み締めると、自身の太腿の上に跨った亜寿沙の熟れ尻をがっちりと摑んだ。

「あんっ……」

快美感を貪っていた亜寿沙の口から悩ましげな声が洩れる。

「亜寿沙さん、身体が柔らかそうだから。このまま抜かないで、逆向きになってみてくださいよ」

「えっ、逆向きに？」

「だって、亜寿沙さんってものすごい巨乳じゃないですか？　背後から思いっきり揉みたいんです」

「やだっ、翼くんったらいやらしいのね」

翼の言葉に亜寿沙はほんの少し照れたように笑ってみせた。亜寿沙自身、自分の乳房が男の性的な好奇心を煽り立てることを十分すぎるほどに自覚しているようだ。その自慢のパーツを褒められたのだ。悪い気がするはずがない。

亜寿沙はまずは右側の膝をあげ、次に左側の膝をあげた。ふたりの身体はしっかりと繋がったままだ。

つま先立ちになった亜寿沙は、翼の肩に手をかけて身体を支えながら少しずつ少しずつ身体の向きを変えていく。身体を回転させることで、ペニスが膣壁を抉るようにこすりあげる。

「ああ、やだっ……なにこれ……」

「うわっ、オマ×コがオチ×チンに絡みついてくるっ」

ふたりの口元からなまめかしいヨガリ声があがる。それでも翼は亜寿沙の尻を離そうとはしなかった。翼の太腿の上で、亜寿沙の身体の向きがじりじりと変わっていく。

「あーんんっ……」

亜寿沙が完全に背中を向ける体勢になったところで、翼はむっちりとした尻から手を離した。

次の瞬間、背後から手のひらには収まりきらないGカップの柔乳を下から支え持つように指先を食い込ませる。

手のひらにずっしりとした重量感を感じる。ブラジャーをしているとはいえ、毎日これだけ大きな乳房を胸元にぶらさげていたら、肩も凝るだろうと同情したくなるほどだ。

「あーん、座った格好で後ろからなんてぇ……こんなのエッチすぎる……」

亜寿沙は背筋をしならせた。ほんのりと浮かびあがる肩甲骨のラインが色っぽい。翼は乳房を摑む指先に力がこもるのを覚えた。こんもりとした曲線を描くふたこぶらくだのようなふくらみの頂きには、小指の先ほどの乳首が尖り立っている。

翼は乳房を持ったまま、親指と人差し指の腹を使って、つきゅっと身を縮めている乳首をじっくりと転がした。

「ああっ、感じちゃう。おっぱい、どんどん感じちゃうっ……」

亜寿沙の声のトーンは高くなるいっぽうだ。背後からなので身悶える亜寿沙の表情を見ることはできない。しかし、しっかりと埋め込んだペニスを食い締めるように、蜜壺の内部がざわざわと蠢いている。感じている証拠だ。

UVライトを持っていて動けない自分の身体を弄ばれたことを思い出すと、少し意地悪な気持ちになってしまう。翼はグミのような硬さの乳首を指先でぎゅっとひねりあげた。

「ひあっ、あぁーんっ……」

亜寿沙の声が甲高さを増す。しかし、その声には悲壮感は感じられなかった。亜寿沙はもっともっとねだるみたいに、たわわに実った胸元を突き出す。人妻の淫欲の深さを改めて思い知らされた気がした。

「ああん、もっと……もっとして……」

玉袋がきゅんとせりあがるような淫らな声に衝(つ)き動かされるように、翼は乳房を荒々しく揉みしだいた。

「感じたいんだったら、亜寿沙さんも動いたっていいんですよ」

翼は肢体を弓のようにのけ反らせる亜寿沙の耳元で嘯いた。狙撃手(スナイパー)ではないが、相手の背後を取ったことで精神的な余裕を感じられるようになった。

「はぁんっ、後ろからされてるのに……こんなに感じちゃうなんて……」

亜寿沙は長い髪を振り乱すと、左右の肘かけを摑んだ。肘かけを摑んだことで、足元に力が入るようになったようだ。

彼女が体重を預けているので、男根は蜜壺の奥までしっかりと飲み込まれている。

「んんっ……」

かすかな力み声をあげ、亜寿沙は翼の太腿の上からそろりそろりと尻を持ちあげた。蜜壺の中をかき乱すように、雁首が引っかかるのがわかる。思わず翼も唸るような声をあげた。

「いいっ、すっごく気持ちいい。オチ×チンでかき回されてるみたいっ……」

肘かけを摑んだ亜寿沙の指先に力がこもる。亜寿沙はペニスが抜け落ちる寸前まで、ヒップを浮かびあがらせると、今度は腰を落としていっきに深々と咥え込んだ。

「うあぅっ……こっ、これはヤッ、ヤバいっ……ヤバすぎますっ……」

たまらず、翼は腰を引いて逃れようとしたが、マッサージチェアの上なので逃げ場はない。

じゅるる、ずぶぅ、ぢゅぶぶっ……。

亜寿沙が深く浅くと腰を使うたびに、蜜壺の中に充満した愛液が音を立てながらじゅぶじゅぶと溢れ出してくる。欲深さとともに牝蜜も尽きることがないみたいだ。

「ああ、そんなに動かれたら……」

翼は情けない声を洩らした。亜寿沙の乳首を背後からひねりあげたときの余裕など完全に消え失せていた。

自分のペースで腰を使うならば多少は調節ができるが、相手の思うままに動かれるとどうにもこうにも我慢が利かなくなってしまう。

「ダメです、それ以上……動かれたら……射精ちゃいますっ……！」

「いいわよ、思いっきりイッていいのよ。わたしだって……ああっ、いいっ、イキそうっ……ああっ……イッちゃうーっ……！」

「ああっ、もう我慢できませんっ……。だっ、発射しますっ……！」

射精を宣言した刹那、びゅくびゅくと収縮する亜寿沙の蜜壺の中を猛然と突き進んでいた肉柱の先端から、劣情の液体が噴きあがった。

どっ、どくっ、どびゅびゅっ……。

ずっと堪えていたせいか、鈴口から飛び出した樹液はなかなか止まる気配がない。

亜寿沙の秘壺の中で小刻みに蠢きながら、淫らな液体を吐き出し続ける。

まるで短距離をいっきに駆け抜けたような疲労感が全身を包み込む。だらりと垂れさがった玉袋の中には、精液は一滴も残ってはいないように思えた。

翼のぐったりとしたようすに、亜寿沙はよろめきながら腰をあげた。

「もう勘弁してくれって表情ね。でも、大丈夫よ。すぐに硬くしてあげるから」

あまりにも刺激が強烈すぎたのだろうか。翼のペニスはその身体同様、力がすっかり抜け落ちている。

「言ったでしょう。ここには工房並みに色々と揃っているのよ。ましてや、わたしって研究熱心なタイプなの」

一度絶頂を迎えたばかりだというのに、亜寿沙の瞳からは妖しい光が消えてはいない。彼女は壁際に置かれたラックから薄手のビニール手袋とハンドクリームを取り出した。

マッサージチェアに腰をおろした翼はまだ力が蘇ってこない。それはペニスも同じだった。

「じゃあ、今度は別の遊びをしてみましょうか」

意味深な言葉を口にすると、亜寿沙はマッサージチェアのリモコンを操作し、背もたれを水平に近い角度まで倒した。

「あっ、亜寿沙さん、なにを……」

「なにをって別の遊びをしようと思って。大丈夫よ、若いんだもの。すぐに元気になるに決まってるわ」

亜寿沙は右手に介護に使うような薄手の手袋を装着すると、動揺を隠せずにいる翼のほうにゆっくりと近づいてくる。

　いままで覚えたことがない感情に、翼は身体を委縮させた。恐怖感なのかふしだらな期待感なのか、それさえもわからない。

「ほら、身体から力を抜いて。呼吸を楽にして」

　亜寿沙の物言いは病院の先生みたいだ。彼女は手袋を装着した指先に、乳白色のハンドクリームをたっぷりと載せた。

「なっ、なにを……」

　言いかけた翼の言葉を遮るように、亜寿沙は右手を伸ばすと翼の淫嚢の裏側の辺りをゆるゆると撫で回した。

「ひっ、あっ、なっ、なんですか……これは……」

「大丈夫よ、ひどいことなんてしないから。ただ、ちょっと気持ちよくしてあげようと思って」

　たっぷりと塗りつけられたクリームによって、亜寿沙の指先がなめらかに這いまわる。

　玉袋の裏側から肛門の周囲の辺りをゆっくりと撫で回されると、自然と両膝が震えてしまうような不思議な感覚が湧きあがってくる。

「ここは蟻の門渡りっていうの。いわゆる性感帯のひとつなのよ。ほら、わたしってなにごとにも研究熱心だって言ったでしょう」

亜寿沙は少し得意げに笑ってみせた。性感帯だと言ったとおり、ソフトなタッチで撫で回されると、いままでに感じたことがない悦びが、身体の深い部分から込みあげてくる。

「ああっ、なっ、なんなんですか……これっ……」

気持のよさと同時に、得体の知れない恐怖感も感じてしまうのも事実だ。翼は声を絞った。

「大丈夫だって言ってるでしょう。そうね、そろそろイイ感じにほぐれてきてるみたいね」

宥めるように囁くと、亜寿沙は怯えるようにきゅんと口をすぼめている肛門括約筋の中心部分を指先で軽やかにノックした。

「あっ、えっ……」

翼が驚きの声をあげる瞬間を狙っていたかのように、亜寿沙の人差し指が肛門の中にずるりと潜り込んでくる。

「ええっ、ああっ……」

身体を襲う違和感に翼は身体を揺さぶろうとしたが、射精の余韻もあってか上手く力が入らない。

「大丈夫だって言っているのに。わたしってそんなに信用がないのかしら？」

戸惑う翼を前にしても、亜寿沙は悠然としている。

「じゃあ、この辺りはどうかしらね」

肛門の中に潜り込んだ指先が、直腸の内部を緩やかに刺激する。まるでなにかを探しているみたいな感じだ。

「あっ、ああっ……なっ、なんだ、これっ……。へっ、ヘンな感じがするっ……」

突然、身体の中心部分から頭のてっぺんやペニスの先端に向かって、いままで知っているものとは種類が異なる快美感が走り抜ける。

自然と背筋がのけ反ってしまう。

「ほらね、とくとくと脈を打ってるわ。ここが翼くんの前立腺よ」

宝石の鉱脈でも掘り当てたかのように、亜寿沙は自慢げに笑みを浮かべた。前立腺という言葉を聞いたことくらいはある。

しかし、それが自分の身体のどこにあるのかなんて具体的に考えたこともなかったし、自身の手で探そうと思ったこともなかった。友人がハマったというM性感など論外だ。

「ここを弄るとね、男の子は気持ちがよくなっちゃうんですって。ときには射精していないのに、発射しているみたいな感じになるドライエクスタシーに達することもあるし、中には女みたいに潮吹きをする男もいるらしいわ」

亜寿沙は自信ありげに、腸壁に指先をくいっと食い込ませた。足の爪先が丸くなるような衝撃が身体を突き抜ける。

「なっ、なんだ……これっ……気持ちいいのか、ツラいのか……よくわかんないっ」

「あら、気持ちがいいんじゃないのかしら。だって、身体は正直だもの。嘘だと思うなら、自分のオチ×チンがどうなっているのか、自分の目で確めてみたら？」

翼は恐る恐る頭をあげると、自分の下半身に目をやった。激しすぎる射精に、そこは力を失ってうな垂れていたはずだ。それなのに、いまはがちがちに硬く反り返っている。

「ねっ、嘘じゃないでしょう。このまま、前立腺を悪戯していたら、またイッちゃうかしら。でも、それだとわたしが楽しくないわね。じゃあ、元気に復活したところで、二回戦に突入しましょうか？」

男らしさを蓄えたペニスを見て、亜寿沙はしてやったりという表情を浮かべた。右手に装着していた手袋をずるりと外し、床に放り投げる。

「あれだけたっぷりと射精したんだから、二回戦目はもっともっと楽しませてくれるのよね」

穏やかな口調の中に、肉欲の悦びを知った女の執念が潜んでいるのを感じる。熱い眼差しを浴びて、臨戦体勢に再突入した肉棒がぴゅくんと上下した——。

第五章　ダブル媚肉責め

藍子宅との契約が成立してからというもの、翼の家政夫修業は順調そのものに思えた。ワークショップ仲間の主婦たちからも家事代行サービスを頼まれ、新規に取れた契約宅数もアルバイトとは思えないほどだ。

ただ気にかかることもあった。翼は藍子だけではなく、紗理奈や瑞希、亜寿沙とも関係を持っているのだ。それも一度きりではなかった。

三十代の彼女たちは、若い翼の肉体をよほど新鮮に感じたのだろう。作業の後のひとときの情事を楽しむために、当初の契約よりも作業時間を延長してくれたほどだ。

問題は彼女たちがワークショップを開講している仲間同士だということだ。藍子の教室に紗理奈や瑞希たちが参加することもあれば、その逆もある。それだけ彼女たちの関係が密だということだ。

そうなれば、ふとしたことから翼との関係が露見しないとも限らない。そうなった場合、仲良しグループの関係はいっきに崩壊するかも知れない。

それとも、もうすでに翼との関係は、彼女たちの間では公然の秘密になっているのだろうか。男というのは酒の席などでどの女を落とした、関係を持ったと得意げに語るものだ。もしかしたら、女だって秘密を洩らすことがあるのかも知れない。

だが、そんなことを尋ねることはできるはずもなかった。翼から見る限りだが彼女たちは相変わらず趣味や特技を活かしつつ、友人関係も楽しんでいるように思えた。

今日は藍子のワークショップが開催されている。五人の参加者たちはすでに翼とも顔なじみだ。

その中には先日関係を持ってしまったばかりの亜寿沙の姿もあった。彼女は黒地に小花模様のワンピースの上に、デニム生地のエプロンを着けていた。長い髪の毛は後頭部で三つ編みにして垂らしている。

マッサージチェアの上で情事を楽しんだ後、亜寿沙はぐったりとしていた翼の尻の割れ目の奥に潜んでいる菊の花のような肛門に指を入れ前立腺を刺激して、半ば強引に勃起させた。

そして身体の内側から湧きあがる、前立腺特有の快感に身体を震わせる翼の腰の辺りに騎乗し、本当に一滴も残らないほどに搾り尽くしたのだ。

餓えた牝ライオンのような激しさをみせた亜寿沙と、今日の亜寿沙はまるで別人のようだ。恥ずかしい部分に指先を挿入され、勃起してしまったことがまざまざと思いだされる。

　そのときのことを思い出すと、まともに亜寿沙の顔を見ることができない。翼はさりげなく亜寿沙のことを避けながら、藍子に命じられるままに裏方に徹して洗い物などを片付けていた。

　今日のメニューは珍しく和食で、メインはソラマメと海老の炊き込みご飯だ。その他に自家製の魚の味噌漬けや柚子胡椒を利かせたキンピラゴボウ、季節の青菜のお浸しなども添えられている。

　参加者たちは料理の味見をすると、それぞれが家族の人数分を容器に入れて持ち帰る準備をし、リビングで藍子が淹れたハーブティーを手に寛いでいる。デザートは手作りのババロアだ。

　毎日の献立を考えることは主婦にとっては負担になっていることを考えると、実によく考えられたシステムだと感心してしまう。

　小一時間ほどリビングで会話に花を咲かせると、子供の帰宅や家事に合わせて参加者たちはひとりずつ藍子宅を後にしていった。

その頃には、大人数で料理をしたためにシンクに山のように積んであった洗い物などは綺麗に片付けていた。

さりげなくリビングのようすを見ると、帰らずに残っているのはエプロンを外した亜寿沙だけだ。亜寿沙は藍子とは長い付き合いのようで、リビングに置かれたテレビを眺めている。

「今日は細かい作業が多かったから、片付けが大変だったでしょう。どう、あらかた片付いたかしら？」

アイランドタイプのキッチンで忙しなく動いている翼の元に、ワークショップの主催者である藍子がやってきた。

今日の藍子は淡いピンク色のブラウスに膝丈の黒いスカート姿だ。彼女もすでにエプロンは外していた。

藍子も亜寿沙に劣らない見事な乳房の持ち主だ。鎖骨を麓(ふもと)のようにして優美な稜線を描く完熟した乳房が、ブラウスの胸元を押しあげている。まるで胸元に小型の半鐘でも隠しているみたいだ。

「いえ、大丈夫です。皆さん、主婦のかたばかりなので片づける僕の身になって、なるべく汚さないようにしてくれているみたいです」

翼は大きめのシンクの中を丹念に磨きながら答えた。はじめて個人宅との契約を交わしたのは藍子宅だ。いまの契約先も藍子から紹介されたり、ワークショップで顔見知りになったことによって契約してもらったところばかりだ。

だから、藍子には感謝の念をずっと抱き続けてきた。独立型のアイランドキッチンからは、リビングのようすがよく見えるようになっている。逆にリビングからはキッチンのシンクより上の部分しか見えない造りだ。

あっ……。

スポンジを手にしていた翼は驚いたように、身体を強張らせた。両手が塞がっている翼のズボンの尻を藍子がさわさわと撫で回したからだ。指先を巧みに操り、下から上へとふわふわとした猫じゃらしのような軽いタッチで尻肉をやんわりと弄ぶ。

実を言えば、こんなことをされたのははじめてではなかった。普段は藍子が料理をしているキッチンで身体を悪戯されると、なんとなく背徳的な気分を感じてしまう。

それは藍子も同じようだ。アイランドキッチンに隠れるようにして、フェラをされたこともあるし、その逆に藍子のワンピースやスカートの中に潜り込んで、フェロモンの香りを漂わせる女花に舌をまとわりつかせたこともある。

しかし、いまは違う。リビングでは亜寿沙がハーブティーを口に運んでいる。もし

も、うっかりと悩ましい声を洩らしてしまったら、いかがわしいことをしていること
に気付かれてしまうかも知れない。
そう思うと、絶対に声を出したりはできない。人間というのは不思議なものだ。声
を出せないと思えば思うほどに、身体が敏感になってしまう。
長い髪の毛を後頭部でルーズに結いあげた藍子は唇の両端をきゅっとあげて、艶め
いた表情を浮かべた。卑猥な弄いに戸惑いを隠せずにいる、年下の男の反応が楽しく
てたまらないという感じだ。
んんっ……。
亜寿沙に聞こえないように喉を絞って、翼は藍子の指先が這い回る尻肉を左右に振
った。言葉には出すことができない翼にとってできる、せめてもの抗いだ。
だが、それは逆効果でしかなかった。ズボンの尻をやわやわと撫でていた藍子の右
手が、今度はフロント部分へと伸びてくる。しなやかな指先はエプロンの下に潜り込
んで、玉袋が隠れている辺りをそっと刺激してくる。
いきなりペニスを責めてこないのが、熟女の計算の高さに思えた。ズボンとトラン
クス越しとはいえ、玉袋に指先がきゅんと食い込んでくると、胃の辺りが切なくなる
ような甘い悦びを感じてしまう。

翼の下半身をもてあそびながらも、藍子の視線はリビングにいる亜寿沙の姿を追っていた。亜寿沙がテレビの画面に視線を注いでいるのを確かめると、藍子の指使いが大胆さを増していく。

陰嚢をやわやわと揉みしだくように食い込んでいた指先が、少しずつせりあがってくる。卑猥な指使いによって、トランクスの中で下向きになっていたペニスはすでに大きさを変化させていた。

くうっ……。

ズボンに押さえつけられているので、硬くなればなるほどペニスは不自然に折れ曲がったようになる。下半身に感じる鈍い痛みに、翼は声を殺してわずかに顔を歪めた。

そのときだった。急にテレビのボリュームが大きくなった。なにごとが起きたのかと、慌ててリビングの亜寿沙のほうに視線を向ける。

「藍子さん、気がつかないとでも思っているんですか。わたしはそんなに鈍感なタイプではないですよ。それとも、わざと見せびらかしているのかしら？」

亜寿沙はテレビのボリュームを絞ると、ソファからすっと立ちあがった。花柄のワンピースの裾が優雅に揺れるさまを、翼は呆然と見つめていた。

亜寿沙はアイランドタイプのキッチン目がけて、真っ直ぐに進んでくる。それでも、藍子は動じるようすはない。ペニスを撫でさする指先を離そうとはしなかった。

「亜寿沙さんが鈍感なわけがないじゃない。とっくに気が付いているだろうと思ってたわ」

「だったら、わざとわたしの前でそういうことをしていたってことですよね」

いくら広めのリビングダイニングといっても、躊躇なく突き進めばあっという間にキッチンへと到達する。亜寿沙は少し拗ねたような表情を浮かべると、翼たちがいるキッチンの裏側をのぞき込んだ。

「ほら、やっぱり。ふたりだけで楽しむなんて、ズルいんじゃないですか？」

亜寿沙は切れ長の目元にわずかに険を宿すと、悪びれるふうもない藍子に向かって不満げに唇を突き出した。

ドラマや映画でしか見たことがないが、若い女同士だと修羅場というのは摑みかかったり、声を荒らげて相手を口汚く罵るものだと思っていた。

しかし、三十代の大人の女は手を出したり、怒鳴ったりはしないようだ。ふたりの女は少しも視線を逸らすことなく、相手の姿を見つめている。

それが逆に大人の女ならではの迫力を感じさせた。ふたりの女のやり取りを目の当たりにし、翼は狼狽えるばかりだ。

この場を取り繕うような上手い台詞など思いつくはずもない。

どっ、どうしよう。ぼくのせいだ。このままじゃ……。

いざとなったら、ふたりの前で土下座をしようと思ったときだった。

睨みあっているように見えた、ふたりの女の距離がゆっくりと縮まっていく。いよいよか、と翼は眉頭をひそめてうな垂れた。

ふにゅっという音を立てるように、柔らかそうな唇が重なる。

ちゅっ、ちゅぷ、ちゅるっ……。

藍子と亜寿沙はまぶたを閉じたまま、互いの舌先を絡み合わせている。なめらかに蠢く舌先が奏でる淫靡な音と悩ましげな息遣い。

翼はただただ息を呑んで、濃厚な口づけを交わすふたりの姿を見つめていた。口元から洩れる生々しい音色に、萎れかけていたペニスに再び熱い血潮が流れ込んでいく。

「んんっ、あーんっ……」

名残惜しげな声をあげて、ふたりの唇がようやく離れた。

「亜寿沙さんったら演技がお上手ね。確か児童劇団に所属していたんだったかしら？」

「いやだわ、あれは芸能界に憧れていた母親に無理やり入れられただけです。だから、すぐに辞めたんですよ」

亜寿沙は照れくさそうに笑ってみせた。

「ごめんなさいね。翼くん、びっくりしたでしょう。それともうひとつ謝らないといけないことがあるのよ。先日、自動式のＵＶライトが壊れたからって、手動式のライトで手伝ってもらったでしょう。でも、あれも嘘だったの。本当は壊れていなかったし、失敗されると困るからあらかじめ硬化させておいたのよ」

「えっ、あれも嘘だったんですか……」

「ごめんなさいね。ああいう嘘でもつかないと逃げられちゃうかもと思ったの。レジンが硬化しているかどうかなんて、経験がなければ見抜けないだろうと考えたの」

呆れるのを通り越して、翼は身体から力が抜けるのを覚えた。とりあえずは、女同士の修羅場に発展しなかったことだけが、唯一の救いのように思える。

だが冷静に考えてみれば、ふたりの会話を聞いている限り、彼女たちは翼との関係をお互いに知っていることになる。

「そんな……」

頭の中が混乱しすぎて、思わずキッチンの床の上に崩れ落ちそうになってしまう。

翼は足元がおぼつかなくなるような感覚を覚えた。

「ごめんなさいね。驚いているわよね」

「本当に悪かったと思ってるのよ」

ふたりの女は翼の両側から身体を支え持った。左腕を藍子が、右腕を亜寿沙がしっかりと摑む。

「ここじゃあ、なんでしょう。せっかくだから、リビングでみんなで楽しみましょうよ」

「そうそう、ねえ、機嫌を直して」

翼の上腕二頭筋に腕をしっかりと絡みつかせると、女たちは半ば引きずるようにリビングへと連れていった。

「なんだかホッとしたっていうのか、いっきに力が抜けちゃいましたよ」

リビングに敷かれたカーペットの上で、翼はへたり込んでしまった。

「まあまあ、そんなふうに言わないでよ」

「そうそう、ふたりよりも三人のほうが気持ちがいいかも知れないでしょう？」

翼の左側に藍子が、右側に亜寿沙が腰をおろす。ふたりは翼の耳元に唇を寄せると、舌先で舐め回したり、息をふぅーっと吹きかけたりする。

まるで、どちらが気持ちよくできるかを競い合っているかのようだ。左右の耳に種類の異なる心地よさを感じる。翼はひっと短い呻き声を洩らすと、肩をわずかにすくめた。

「そういう敏感なところが可愛いのよね」

藍子が嬉しそうに囁くと、亜寿沙も賛同するように頷いてみせる。カーペットに尻をついた翼のワイシャツのボタンに藍子の指先が伸び、ひとつずつ外していく。亜寿沙も負けてはいない。ズボンのベルトを外し、手際よくファスナーを引きおろす。

その手際のよさは、逆らう気持ちさえ起きないほどに鮮やかだ。見る見るうちに翼の体躯から衣服が奪い取られていく。気がついたときには、トランクスだけを着けた格好にさせられていた。

「男の子のおっぱいって、妙に可愛らしいわよね」

「そうなんですよね。余分なお肉がないぶん、本当は敏感なんじゃないかって思ってしまいますよね」

ふたりは視線で合図を交わすと、まるでタックルをするみたいに翼の身体を仰向けに押し倒した。付き合いが長いと自負するだけあって、そのコンビネーションは抜群だ。

「あーん、ちょっとオロオロしている感じがたまらないわ」

言うなり、藍子が女とは違う平べったい胸元にしゃぶりついてくる。いきなり乳首に吸いついてくるのではなく、まずは挨拶代わりに淡い桜色の乳輪の周囲に円を描くように舌先をまとわりつかせる。

「そんなに怯えた顔をしなくても大丈夫よ。なんだか意地悪をしたい気分になっちゃいそうだわ」

亜寿沙は口角をあげて屈託なく笑ってみせる。ＵＶライトが壊れたと嘘をついてまで、動かないように命じたり、前立腺を刺激してみたりと多少Ｓっ気というか痴女っ気があるようだ。

亜寿沙は乳首の根元を甘噛みすると、突き出した乳首の表面に舌先を当て、左右に揺さぶってみせる。

乳首への愛撫の仕方ひとつとってみても、ふたりのやりかたはまったく違う。わたしのほうが上手いでしょうと言わんばかりに、表面が粒だった舌先を妖しくうねらせる。

「ああっ、おっぱいが……痺れるみたいだ……」

たまらず、翼はうわずった声を洩らした。ほんのさっきまでは、いざというときは土下座をする覚悟を決めていたのが嘘のような展開だ。

「気持ちがいいなら、可愛い声をいっぱい聞かせて欲しいわ」

この場では、一番年上の藍子が主導権を握っているのは間違いない。

「あっ、気持ち、気持ちいいです……」

翼は胸元を喘がせた。自身の指先で触っても快感など感じたことはない。それなのに、柔らかくぬるぬるとした舌先やネイルで彩られた指先で愛撫されると、女の子みたいな甲高い声が洩れてしまうのが不思議でならない。

しかし、心地いいのは確かなことだ。ペニスを上下にじゅこじゅことしごきあげて得られる快感がストレートなものだとしたら、乳輪や乳首を愛撫されて湧きあがってくる悦びは変化球みたいな感じだ。

「もっともっといい声を聞かせてね」

乳輪を緩やかに舐め回していた藍子がいよいよ乳首に狙いを定めると、ぢゅちっという派手な炸裂音を立てるように吸いついてくる。乳輪への執念ぶかさを感じる愛撫だけで、乳首はすでににゅんとしこり立っていた。

藍子は乳輪ごと唇の中に含むように、バキュームタッチで吸いしゃぶる。小刻みに蠢く舌先の動きに、カーペットについていた尻が浮かびあがりそうになってしまう。

翼の反応に気をよくしたように、藍子の指先が翼の上腕二頭筋へと伸びてくる。耳元や首筋が性感帯だというのは、年上の女たちの淫戯によって教え込まれていた。

藍子は指先を扇のように大きく広げると、爪の先が触れるか触れないかのソフトなタッチで上腕二頭筋を撫で回す。思わず肌がざわざわと粟立つような感覚が込みあげてくる。

「ああっ……」

翼は狂おしげに体躯をくねらせた。

「藍子さんには負けませんよ」

触発されたように、亜寿沙もさらに積極的になる。唾液でべとべとになっている乳首を人差し指と中指を揺らすようにして軽やかに刺激しながら、カーペットに爆乳を密着させるほど前のめりになって、脇の下から乳首へと繋がるラインや脇腹の辺りに舌先を這わせる。

ふたりは若い牡の上半身のあらゆる部分を指先や舌先で愛撫している。翼はトランクスだけを穿いた姿だ。

トランクスのフロント部分は、これでもかとばかりにテントを張っている。前合わせのボタンはお義理程度に留まっているが、そこには濃厚な先走りの液体が滲み出し、破廉恥なシミを形づくっていた。

ここまではっきりとわかるほどに勃起していると、逆に粘液まみれのトランクスを穿いているほうがはるかにいやらしく思えるくらいだ。

とはいえ、藍子と亜寿沙はまだ衣服を着たままだ。ひとりだけ下着姿にされていると思うと、カーペットの上でのたうち回りたいほどの恥辱感が込みあげてくる。

「わたしたちもそろそろ脱いだほうがいいかしら？」

ピンク色のブラウスに黒いスカート姿の藍子が呟く。

「そうですよ。そうじゃないと動きづらくて……」

亜寿沙は黒地に小花模様のふんわりとしたワンピース姿だが、それでも動きやすいとは思えない。

「ねえ、ちゃんと見ていてね」

鼻にかかった声で囁くと、ふたりの熟女はゆっくりと立ちあがった。ふたりとも牡の好奇心を引き寄せずにはいられないほどの巨乳の持ち主だ。

藍子はまずは背中を向けると、スカートの後ろホックを外し、ファスナーを引きおろした。もっちりとした美尻をわざとらしいほどに突き出し、ベリーダンスでも踊るかのように左右にくねらせながらスカートを脱ぎ捨てる。

亜寿沙のワンピースは前開きタイプで、襟元から裾までがボタンで留まっている。

自慢のGカップの胸元を突き出して肩先を左右に大きく揺さぶりながら、ひとつずつボタンを外していく。

どちらの肢体も限りなく魅力的だ。翼は頭部を左に右にと小刻みに振りながら、次第に露わになっていく女体に視線を絡みつかせた。

ブラウスだけになった藍子が振り返る。見るからに重たげな乳房は、彼女にとっても牡にアピールできる自慢のパーツなのだろう。わざと前傾姿勢になって胸の谷間を見せつけながら、胸元のボタンを外していく。

亜寿沙は前合わせボタンがすべて外れたワンピースからゆっくりと両腕を引き抜くと、まるで闘牛士が振る布(ムレータ)のように高々と掲げると、ふわりと舞い落とした。

熟女たちは衣服をどう脱げば、より男が昂ぶるのかを熟知しているように思える。そうかといって下品すぎないところが、ワークショップやお茶会で午後の優雅なひとときを過ごすセレブ妻という感じだ。

翼の目の前でFカップとGカップの爆乳が露わになっていく。ふたりはとうとうブラジャーとショーツだけを着けた姿になった。

藍子は黒地に青と白の糸で繊細な模様が刺繍(ししゅう)されたランジェリー姿だ。それに対して亜寿沙の白地のランジェリーには、華やかな蝶々や花のモチーフが縫いつけられてる。

　それぞれの個性が表れたゴージャスな勝負下着に、翼の胸の鼓動が高鳴る。張り詰めすぎたトランクスの前合わせからは、ボタンを弾き飛ばしてペニスがいまにも顔を出しそうだ。

「そうだわ、いいことを思いついたわ」

　妖艶な笑みを浮かべながら、藍子が右手をぱちんと打ち鳴らした。藍子はキッチンの冷蔵庫に向かうと、スプレー缶のようなものを手に戻ってくる。

「これはなんだと思う？　今日のデザートに使ったものよ」

　翼の答えを待たずに、藍子は左手の指先をブラジャーの左のカップにかけ、ずるりと引きおろした。躊躇うこともなく同じように右のカップも引きずりおろす。

　ブラジャーを着けたまま、ふたつの乳房が転がるように落ちてくる。無理やり押しさげられたカップに支えられているせいか、ますます大きく思える。

「これはね、今日のデザートのババロアに添えた生クリームよ。翼くんはお片付けに追われるばかりで、お料理は食べられなかったものね」

　かわいそうにというような眼差しを向けると、藍子はスプレー缶を上下に振って、露わになった乳房の頂きに向かって真っ白いクリームを噴射した。勢いよく飛び出した生クリームが、ぷしゅーっという音を立てて乳房に盛りつけられてゆく。

「えっ、ええっ……」

仰向けに横たわっていた翼の口から驚きの声が洩れる。

「ねえ、美味しそうなデザートに仕上がったと思わない。さっ、召し上がって。生クリームだから急がないと、体温で溶けちゃうわ」

藍子はまるで料理の説明をするみたいな口調で囁くと、ひときわ大きく目を見開いている翼の目の前に生クリームまみれの双乳を突き出した。

乳白色の乳房の上に純白の生クリームが載っているので、まるで巨大なふたつのプリンが並んでいるみたいだ。

「早くしないと溶けちゃうわ。ブラジャーが生クリームまみれになっちゃう」

急かすような藍子の言葉に、翼は慌てて右の乳房にしゃぶりついた。口を大きく開けて、生クリームをべろべろと舐め取っていく。右の乳房から生クリームが消えると、今度は左の乳房に舌先を伸ばす。

「ああっ、いいわあ。すっごくいやらしいことをしている気分になっちゃうっ」

藍子は悩乱の声をあげた。

ただでさえ甘ったるい生クリームが体温でほんの少し温まったせいか、さらに甘さを増しているように思える。藍子の言うとおり、体温で温まると溶けて垂れ落ちそうになるので、ずずーっと音を立てるように半溶けのクリームをすすりあげる。

「はあっ、冷たい生クリームとあったかい舌先の感触がたまらないわぁ」

藍子はうっとりとした声を洩らしながら、熟れきった乳房を揺さぶった。まるで、亜寿沙に見せびらかしているみたいだ。

「藍子さんばっかり、気持ちがいいことをするなんてズルいわ」

亜寿沙はわずかに頰をふくらませた。

「あら、だったら、亜寿沙さんもおっぱいに生クリームをかけて、翼くんに舐めてもらえばいいいじゃない？」

「えっ、いいんですか？」

「もちろんよ、楽しいことはみんなでやったほうが楽しいに決まっているもの」

藍子の言葉に亜寿沙は迷うことなく、ブラジャーの左右のカップを引きおろした。藍子よりも大きいGカップなので、剝き出しになった爆乳はさらに迫力がある。亜寿沙もスプレー缶を手にすると、乳房に向かって少し遠慮がちに噴きかけた。

「ねえ、翼くん。わたしも生クリームまみれになっちゃったんだけど……」

亜寿沙も甘い匂いが漂う乳房を、口元に向かって突き出してくる。翼はわずかに頭をあげ、生クリームまみれの熟れ乳に舌先をまとわりつかせた。

「本当だわ、ひんやりとあったかいのが混ざって、すっごく感じちゃうっ。なんだか、こういうのって映画みたいね……。ちょっと変態チックなんだけど、余計に興奮しちゃうっ」

前傾姿勢になった亜寿沙は、乳房同様に女らしい曲線を描くヒップを振りたくりながら、悩ましい声を洩らした。

「そうね、昔の洋画で蜂蜜を塗りたくって、愛撫し合うシーンがあったって聞いたような気がするわ」

藍子は年上の女の余裕を醸し出している。室内には素肌の上で温まった生クリームの甘ったるい匂いが漂っていた。

年上の女たちが欲情するような卑猥な行為をしているのだ。二十代前半の翼には刺激が強すぎる。直接触れられてもいないというのに、少しアブノーマルチックな淫戯に、ペニスは硬くなりすぎて軽い痛みを覚えてしまうほどだ。

「んふふっ、わたしたちだけ楽しんでいたら、翼くんがかわいそうよね。じゃあ、今度は翼くんも楽しませてあげるわね」

亜寿沙は女豹のような前かがみのポーズになると、仰向けに横たわった翼の下半身ににじり寄った。トランクスの上縁のゴムの部分に指先をかけると、ゆっくりと引きおろそうとする。

しかし、硬くなりすぎたペニスは亀頭の部分がぱんぱんに張り詰めていて、平常時のようにするりとおろすことができない。

「藍子さん、お手伝いします」

亜寿沙も前傾姿勢になり、ペニスを下腹に押さえつけて脱ぎおろしに協力をする。ブラジャーから乳房を露出させた人妻たちがヒップを高々とあげている姿勢は扇情的で、肉柱はさらに逞しさを滾らせるいっぽうだ。

トランクスを脱ぎおろすだけのことなのに、女らしい指先で肉幹をきゅっと押さえつけられると玉袋の裏側辺りに力を込めていないと、青臭い液体を危うく撒き散らしてしまいそうになってしまう。

「くぅっ……」

翼はくぐもった声を洩らして、必死に劣情と闘っていた。ようやく、カウパー氏腺液まみれのトランクスがずるずると引きずりおろされる。

「まあ、すっごいわね。エッチなお汁まみれだわ」

「こんなにがっちがちにしていたら、トランクスをおろすのが大変だったのもわかる気がしますね」

目の前に現れた若茎に三十代の人妻たちは瞳を爛々と輝かせた。まるで、砂漠でオアシスを見つけた旅人みたいだ。ふたりにとってはてらてらと見えるほどに張りつめた亀頭は、渇いた喉を潤す蛇口みたいなものなのかも知れない。

いつもは年上の藍子に対して一歩引いている亜寿沙も、さすがにここは素直に譲れないようだ。一本しかないペニスを前に、熟女ふたりが無言で見つめ合う。

ああっ、どっちでもいいから……早く気持ちよくして欲しいよ。もう、我慢できなくなりそうだ……。

翼は床の上に放り出した指先をカーペットに食い込ませた。

「困ったわね。これぱっかりはジャンケンというわけにはいかないわね。いいわ、こうしましょう」

時間が止まったような空間の時計の針を動かしたのは藍子だった。藍子はスプレー缶を手にすると、いきなり、翼の下腹部に噴きかけた。

プシューシュー……。

生クリームがかかったのは、牡汁まみれの肉柱ではなかった。その下でナマコみたいに表面をうねうねと波打たせて、自在に大きさを変える淫嚢だった。

ややひんやりとする真っ白い生クリームがかかったことで、玉袋がきゅんと収縮をする。まるでシェービングクリームでもかけられたかのように見える。

「あら、まるで大きなクリーム白玉みたいな感じになっちゃったわね」

「本当ですね。なんだか可愛らしいっていうか」

ふたりは生クリームまみれになった淫嚢をのぞき込むように、さらに前のめりになった。

「メインディッシュの前に、まずは前菜から楽しみましょうか？」

藍子の言葉に、亜寿沙はこくりと頷いた。

えっ、なっ、なに、まさか……。

下腹部に熱い視線を感じ、翼は身体を委縮させた。ふたりは舌先をこれでもかとばかりに伸ばすと、生クリームまみれの淫嚢をちろちろと舐めあげた。

「あっ、うはぁっ……」

生クリームのひんやりとした感触をかきわけるように、生温かい舌先が玉袋の表皮に絡みついてくる。ふたりの人妻が顔を寄せ合って、淫嚢に舌をねちっこく這わせているのだ。

いきなりペニスにしゃぶりついてくるのではなく、玉袋からじわじわと攻めてくるところがいかにも年上の女という感じだ。

「タマタマを可愛がるときには、こういうふうにするといいのよ」

藍子の言葉に、亜寿沙の舌がいったん止まった。亜寿沙は興味津々(しんしん)という視線を藍子に注いでいる。

藍子はまだ完全には舐め取れていない生クリームと唾液のぬめりを利用するように、左側の睾丸を口の中に完全に含むと柔らかい唇と舌先でやわやわと揉みしだくように愛撫をした。

「あっ、それはっ……」

翼は背筋をしならせた。人妻たちの弄いによって淫嚢が感じる部分だということはわかっていた。しかし、指先でもてあそばれるのと、舌先で舐め回されるのでは快感は段違いだ。

藍子は口の中に含んだ左側の睾丸を転がすように舐め回す。湧きあがってくる甘美感に、亀頭が張り詰めすぎて鈴口がぱっくりと割れて、ピンク色の尿道がちらりと見えるくらいだ。

「気持ちよくなるのはこれからよ、今度はふたつ同時に咥えてみるわね」

言うなり、藍子は大きく唇を開き右手を優しく添えると、口の中に右側の睾丸も押し込んだ。これで左右の睾丸が、藍子の口の中にじゅっぽりと咥え込まれたことになる。

玉袋の表皮が生温かい口内粘膜にすっぽりと包み込まれる感覚は、いままで味わったどんなものとも違っていた。下半身から力が抜けていく。

藍子は口に中に含んだ睾丸をこすり合わせるように、ゆっくりと舌先をまとわりつかせてくる。さらに睾丸同士を密着させるように頬をすぼめて、深く浅くと呼吸を繰り返す。

「あああっ、そんなふうにされたら……」

翼は苦悶にも似た声を迸らせた。人妻の口唇奉仕はあまりにも強烈すぎる。堪えようにも堪えきれない大波が、身体の深部からいっきに押し寄せてくる。

「だっ、ダメですっ……でっ、射精（で）ますっ、射精（で）ちゃいますっ……！」

翼は嬌声をあげた。その瞬間、藍子は口の中に含んでいたふたつの睾丸を解放し、代わりにびゅくびゅくと跳ねる亀頭を口の中にしっかりと咥え込んだ。

その刹那、どびゅっ、どくっ、どくどくっと白濁液が噴きあがった。陰嚢は愛撫されていたが、ペニスには触れていなかったというのに暴発してしまったのだ。しかも、藍子は発射の寸前に亀頭を口に含んでいた。

ずっ、ずずぅっ……。噴きあがるリズムに合わせるように、藍子は口内粘膜を肉幹に密着させて尿道口から樹液をすすりあげる。

「ひあっ、そんな……そんなふうにされたら……こっ、腰が……」

腰が抜けそうだと訴えるように、翼は切ない喘ぎ声を洩らした。カーペットの上の指先が小刻みに震えている。

一滴も出なくなるまで吸い尽くすと、藍子はようやく口を離した。人差し指の先で口元を拭う仕草が艶っぽい。

「藍子さん、ズルいです。結局、美味しいところは持っててっちゃうなんて」

亜寿沙は不満げに唇を尖らせた。

「ごめんなさいね。約束どおり、メインディッシュのオチ×チンには全然触れなかったのに、玉しゃぶりだけで勝手にイッちゃったんだもの」

藍子はおどけたように言ってのけた。

「大丈夫よ。なんといっても翼くんは若いんだもの。それにね、こんな手もあるのよ」

妙案を思いついたように胸元で軽く手を打ち鳴らすと、藍子は射精したばかりのペニスに生クリームを噴きかけた。

「いまオチ×チンを舐めたら、きっと翼くん悶絶しちゃうわよ。いわゆる、直後責めってやつなんだけれど。直後責めをされると、男性によっては確変状態に突入しちゃうのよ」

恨めしそうな視線を向ける亜寿沙に、藍子は自信ありげに言いきってみせた。

「だったら、メインディッシュはお先にいただきますね」

「どうぞ、お気が済むまでたっぷと召しあがって」

玉しゃぶりだけで暴発して、射精の余韻に胸元を上下させている翼のことなどお構いなしという感じで、ふたりは楽しそうに声を弾ませている。

「じゃあ、メインディッシュをいただきまーす」

亜寿沙はあーんというように唇を大きく開くと、萎れかけているペニスを生クリームごとずるりと口の中に吸い込んだ。

玉しゃぶりによる射精が凄まじすぎたのか、肉茎はふにゃっとした感じだ。亜寿沙は亀頭や裏筋の辺りに執念ぶかいタッチで舌先をまとわりつかせる。

「あっ、うあっ……。きっ、きくぅっ、イッたばかりで敏感になってるオチ×チンを舐められると……じんじんして……身体が、身体がぁ……」

翼は唸るような声をあげた。藍子の目論見は的中したようだ。一度射精をすると、すっかり醒めてしまい、あとはくすぐったいだけというタイプの男性もいる。いわゆる賢者タイムに突入するタイプだ。

その逆に射精した直後に責められると、どんどん身体が敏感になるという男性もいる。そういうタイプは確変タイプなどと呼ばれ、二度三度と連続で発射することも少なくない。

それどころか、何度も射精を続けて出るものがなくなった後も延々と刺激を受け続けていると、最後には「男の潮吹き」と呼ばれる透明な液体を噴射するというタイプまでいる。

「翼くんは賢者タイプではないから、じっくりと楽しめそうね」

亜寿沙はペニスに舌先を絡みつかせながら、藍子の言葉に納得したようにうんうんと首を縦に振ってみせた。

最初は萎れかけていた肉茎は亜寿沙の口唇奉仕によって、早々と男らしさを取り戻していた。もう一滴も出ないと思っていたはずなのに、鈴口からはやや青臭さを感じさせる牡汁がじわじわと滲み出している。

「藍子さんの言ったとおりです。もうカチンカチンに硬くなっちゃってます」

亜寿沙は嬉しげな声をあげた。先ほどまでの拗ねたようすが嘘のようだ。

「じゃあ、確変状態に入るまでたっぷりとおしゃぶりしてあげたらいいわね。きっと翼くんも喜ぶはずよ」

ブラジャーから乳房を露出させたショーツ姿の藍子は、冷蔵庫に行くとボトルに入った赤ワインと大ぶりのグラスをひとつ手に携えて戻ってきた。

赤ワインをグラスに注ぐと、胸の昂ぶりに渇いた喉にゆっくりと流し込む。

「あなたも喉が渇いたでしょう。グラスを何個も置くと危ないから一緒に飲みましょう？」

その言葉に、亜寿沙は怒張を解放すると赤い液体を喉に流し込んだ。その間も、左手で裏筋の辺りをリズミカルにじゅこじゅことしごきあげる。

再び、亜寿沙の唇がペニスを咥え込む。口の中にわずかに残ったアルコールの成分のせいで、肉柱がじわっと熱を帯びる。

「ああっ、気持ちいいですっ……あっ、熱いっ……」

翼はカーペットの上でもどかしげに体躯を揺さぶった。一度射精しているというのに、十分すぎるほどにペニスには力が漲っている。藍子が口にした、直後責めという言葉の意味が理解できる気がした。

身体に上手く力が入らないのに、身体のありとあらゆる感覚がすべてペニスに集中しているような感じなのだ。一度射精しているとはいえ、長くは持ちそうもない。

「あんまりアンアンよがっていたら、翼くんだって喉が渇くわよね」

藍子は口角をあげて微笑みかけると、赤ワインを口に含んだ。前のめりになると、翼に唇を重ねて赤ワインをそっと流し込んだ。普段はビールかチューハイ程度しか飲んだことがない。藍子の唇越しに飲んだ赤ワインはほのかな渋みがあり、大人の香りを感じさせた。

アルコールのせいで身体が火照る(ほて)のを感じる。適度なアルコールは、羞恥心や常識などを身体から追いやってくれる気がする。

「ああっ、また……ああっ、射精(で)ちゃいそうですっ……！」

言うが早いか、鈴口が左右にぱっくりと割れ、下腹部から濃厚な白色の水鉄砲が噴きあがった。

どっ、どっくん。どくっ、びゅびゅ……。

二度目とは思えないほどの大量な発射を、亜寿沙は真っ向から受けとめた。ペニスの蠢きが止まると、喉を小さく鳴らしながら飲みくだす。

「んんっ……あーんっ、二回目だっていうのに、ずいぶんと濃いのね」

亜寿沙は目を細めると、カーペットの上に置かれていた赤ワインをごくりと飲んだ。

そのまま、間髪置かずにもう一度ペニスに喰らいついてくる。アルコールによる熱気を孕んだフェラチオに、翼はううっと低く唸った。

髪形やファッションは楚々として見えるのに、性的な興奮を覚えているときの亜寿沙はまるで別人だ。

藍子は思案を巡らすように、小首を傾げてみせた。

「亜寿沙さんはフェラに夢中みたいね。じゃあ、わたしはどうしようかしら？」

「オチ×チンは亜寿沙さんが独占しているみたいだから、わたしは別のほうで楽しませてもらおうかしら」

藍子はグラスに入っていたワインをくっと喉に流し込んだ。はしたない行為に上気した頬が、ますます赤みが強くなっていくみたいだ。

藍子はグラスにワインをつぎ足すと立ちあがり、フェラチオに熱中している亜寿沙に向き合うように、翼の頭部に跨った。

翼の視界からは黒いショーツの船底が見える。その上でゆらゆらと揺れる重量感に満ちた豊乳も蠱惑的だ。頭上に跨った藍子のショーツのクロッチ部分は、心なしか水分を帯びているように思える。

その証拠に、牝が発情したときに漂わせる乳製品が発酵したような甘酸っぱい匂いが鼻先をくすぐる。下を向いた藍子と視線が交錯する。

「そんな顔で見られたら、興奮しちゃうじゃない」

藍子は目元をややとろんとさせると、ショーツの両サイドに手をかけた。完熟した肢体を左右にわずかにくねらせながら、女の切れ込みを隠す小さな布切れをずりおろしていく。

むちむちとした太腿の上をすべるようにショーツがずり落ちてくる。膝の辺りまでさがると、やや濃いめの草むらが生い茂る大淫唇が丸見えになる。

翼は呼吸が荒くなるのを覚えた。亜寿沙は直後責めに熱中しているようだ。二度目の射精をしたばかりの雁首を、舌先でれろりれろりと舐め回す。それだけではない。若茎の根元に近い部分を右手で摑んで、軽やかなタッチでしごきあげる。

ああ、もうっ、わけがわかんなくなりそうだよ……。

狂おしげに体躯を揺さぶる翼の頭部目がけて、藍子がゆっくりとヒップを落としてくる。鼻を鳴らしたくなるような熟牝の香り。藍子は右足を踏ん張ると左足をあげて、ショーツの股ぐりから足首を引き抜いた。これでショーツは右足にしか通っていない状態になる。

「亜寿沙さんのおしゃぶりが、気持ちよくてたまらないんでしょう。だったら、わたしのことも気持ちよくして欲しいわ。気持ちよくしてくれたら、もっともっといいことをしてあげる」

意味深な物言いに、翼はごくりと息を呑んだ。具体的なことを口にしなくても、藍子が見せる淫技の数々は、いつだって翼の想像をはるかに超えている。それを想像しただけで、亜寿沙に咥えられている肉杭が小刻みに蠢いてしまう。

太腿のあわいが露わになった藍子の下半身が、翼の顔面目がけてゆっくりと近づいてくる。鼻先を虜にしてやまない、牡の本能に直接的に訴えかけてくる甘酸っぱい匂い。その匂いはいつまでも鼻先をこすり着けていたくなるような濃密な香りだ。

藍子の太腿の付け根と翼の顔との距離は十センチもない。

「ほら、ちゃんとよく見て。わかるでしょう。もうクリちゃんがふくれあがるくらいに興奮しちゃってるのよ」

卑猥な言葉を囁きながら、藍子はふっくらとした大淫唇を左右の指先でぱっくりと広げてみせた。花びらの中は充血しきって粘膜の色合いを濃くしている。花びらの頂点では、薄い肉膜を被った淫核がここにいるのよとばかりに尖り立っていた。

花びらの隙間から滲み出した牝蜜によって、淫裂自体がぬらぬらと濡れ光って男の愛撫を誘い込んでいるみたいだ。フェロモンの香りの中に潜む、ほのかな尿臭さえも牡を煽り立てるエッセンスのように思えた。

「はぁん、見られてると思うと感じちゃうわぁ……」

自らの指先で女にとって一番秘めておきたい部分を曝け出していることによって、藍子の身体はまるで愛欲に赤々と燃え盛る紅蓮の炎に包まれているかのようだ。

翼は舌先を伸ばし、ちゅんと唇を閉ざしたような膣口を刺激した。花芯の中は女蜜で溢れ返っていたのだろう。わずかな刺激だけで、赤らんだ膣口からとろとろの愛液が滴り落ちてくる。

翼は舌先で牝蜜を受けとめると、それをなすりつけるようにクリトリスに舌先をべったりと密着させた。潤みの強い蜜は極上のラブローションみたいだ。

愛液によって舌先がフィギュアスケートの選手がリンクに描く軌跡のように、藍子の鋭敏な部分を這い回る。

「気持ちいいっ、オマ×コが蕩けそうっ……」

藍子はまるで和式の手洗いに腰をおろすような格好で、むっちりとした熟れ尻を翼の顔面に押し付けてくる。舌先の感覚を研ぎ澄まして、彼女の媚唇の上を舐め回す。

大きな尻によって視界を奪われているが、舌先の感触だけでもそこがどこかわかるような気がした。

「ああーんっ、藍子さんだけ、また気持ちがよさそうなことをしてる。羨ましくなっちゃうじゃないですか」

顔面騎乗でクンニを味わっている藍子の姿に、亜寿沙は嫉妬めいた声を洩らした。

「若いオチ×チンは美味しいけど……それだけじゃあ……」

亜寿沙の舌使いがいっそう激しくなり、ペニスを上下にしごきあげる右手にもきゅっと力がこもる。きちきちに若々しさを漲らせた肉槍を舐めしゃぶっているだけでは、彼女は物足りなさを感じているようだ。

カーペットに両の膝をついて熟れ尻を突き出した亜寿沙は、まん丸いヒップを隠すショーツのクロッチ部分に左手の指先を潜り込ませ、自身の指先で感じる部分をまさぐっている。

亜寿沙の左手の指先が妖しい蠢きを見せるたびに、背筋がぞくぞくするようなちゅくっ、ぐぢゅっという淫猥な音がクロッチ部分からかすかに聞こえる。

ああっ、そんなに激しく舐められたら……。もう二回も射精ちゃってるのに、また下腹が苦しくなってくる……。

射精を堪えようと、翼は必死に舌先を蜜唇に密着させた。U字形にした舌先で、小豆くらいのサイズに鬱血したクリトリスを、ちゅっちゅっと淫猥な音を立てながら小刻みにすすりあげる。

「あん、翼くん……気持ちいいっ……」

藍子は翼の胸元に手をつくと、にゅっと突き出している小さな乳首を両手の指先でくりくりと悪戯している。体内で乳首と連動しているかのように、亜寿沙の口の中に深々と飲み込まれたペニスが上下に弾む。

あっ、ああ……ダメだぁっ、また、また射精(で)ちゃうっ……。

まるでギブアップを訴えるように、カーペットについた翼の手のひらが床を叩く。

どくっ、どびゅっ……。

さすがに連続して三回も発射すると、白濁液の量も一回目とは比べられないほどに少なくなっていた。亜寿沙は喉を鳴らしながら、タンパク質たっぷりの白い樹液を飲み込んでいく。

ミルクタンクが空っぽになるほど噴射したはずなのに、翼のペニスは少しも力を失う気配はない。それどころか、敏感になりすぎてわずかな舌先の動きにも反応し、精液は噴きあがってこないのに脳天が痺れるような快美感が身体を包み込む。

翼はとめどなく身体を襲う法悦に、全身をわなわなと戦慄(わなな)かせた。発射していないのにそれと変わらない、いやそれ以上の悦びが矢継ぎ早に全身の血管という血管の中を駆け巡るみたいだ。

　翼のあまりの身悶えように、ようやく亜寿沙は喉の奥深くに監禁していたペニスを解き放した。三回も精液を放射しているというのに、翼の肉茎は少しも力を失ってはいない。むしろ樹液を吐き出す前よりも、がちがちに硬く反り返って見える。

「あら、精液を出しすぎて、とうとう確変に突入した感じじゃない。もう一滴も出ないって感じなのに、オチ×チンをしごかれると気持ちがよすぎて、身体がびくびくと痺れちゃう感じでしょう？」

　翼の顔面に跨ったまま、藍子はまるでそれが当たり前だというみたいに平然と言ってのけた。

「えっ、これが確変なんですか？」

「そうね。その証拠にたっぷり発射(だ)したっていうのに、まだがちがちに硬くなってているじゃない。いいわ、亜寿沙さんが頑張ったんだから、メインディッシュは先に召しあがって」

「えっ、いいんですか？」

　藍子の言葉に亜寿沙は感極まったような声をあげた。

「だって、欲しくて欲しくてたまらなかったんでしょう。おしゃぶりをしながら、オマ×コを弄っていた音がわたしにまで聞こえてきたもの」

「やだっ、聞こえていたんですか……恥ずかしい……」

「それだけオチ×チンが欲しかったたっていうことでしょう。あそこまで見せつけられたらお譲りするわよ」

カーペットの上で息も絶え絶えになっている翼の状態など、欲情に逸る人妻にはまったく関係がないらしい。

「じゃあ、遠慮なくいただきますね」

口元を綻ばせると、亜寿沙は白地にモチーフが縫いつけられたショーツをおろすと、翼の腰の上に膝立ちで跨った。

「あっ、ああっ、もうっ、無理ですっ、これ以上されたらオチ×チンがどうにかなっちゃいますっ……」

翼は苦悶の声をあげた。精液が出たのは三回だが、それ以降も何度となくエクスタシーが全身を包み込むのを感じている。体感的にはいったい何回絶頂を迎えたのかわからないくらいだ。

「よく腹上死なんて言うけれど、騎乗位だったら腹下死っていうんですか？」

「さあ、それはどうかしら。でもある意味では最高の逝きかたかもわからないわね」

　ふたりの人妻は楽しそうに顔を見合わせている。

「咥えている間もずっとずっと欲しくてたまらなかったのよ。萎れちゃったらどうしようかと思ったけれど、こんなに硬いままだなんて最高だわ」

　亜寿沙はゆっくりと腰を落とすと、焦がれていた肉柱の硬さを確かめるように大きく張りだしたヒップを緩やかに前後に揺さぶった。蜜まみれの花びらや肉芽にペニスをこすりつけて、そのぬるぬるとした感触を味わっている。

「あーん、もう我慢できなくなっちゃうっ」

　腰を思いきり前に突き出した亜寿沙はぎんぎんに勃起したペニスの角度にヒップを合わせるように、少しずつ少しずつ咥え込んでいく。

　お預けを喰らい続けていた秘壺が、肉棒に蕩けきった膣壁を絡みつかせてくる。いわゆるトロマンとでも言えばいいのだろうか。肉質が柔らかいのに適度に肉幹を締めつけてくる。その心地よさはフェラチオとはまた別格だ。

「あーん、気持ちいいっ、オチ×チンがオマ×ンコの中でびくんびくん跳ねあがってるのぉっ……」

　亜寿沙は肢体をのけ反らせながら、まるで串刺しにされているような快感を貪っているようにみえる。

「ほら、翼くん、気持ちがいいのはわかるけれど、わたしのオマ×コもしっかりと舐めてくれなくちゃ」

女盛りの人妻たちはどこまでも強欲で、とことん若い牡の心を、身体を貪りつくそうとしているみたいだ。

「はあ、いいわ。もっとよ、もっと……翼くん、下から腰を跳ねあげてよぉっ」

翼の腰の上に騎乗した亜寿沙はさらなる悦びを求めて、淫らなリクエストを口にする。亜寿沙が熟れ尻を前後に揺さぶるたびに、ペニスがますます敏感になっていくみたいだ。翼がどれほど哀願を口にしたとしても、ふたりは納得しきるまで若い身体を解放することはないだろう。

翼は亜寿沙の腰を摑むと、渾身の力を振り絞って床の上で尻をバウンドさせた。萎れる気配がないペニスの先端が、小刻みな収縮を繰り返す女壺の最奥で待ち構える子宮口にがつんとぶつかるのを感じる。

「ああ、いいわ、そこ、感じちゃうっ、もっと、もっと跳ねあげてえっ……」

脳幹を揺さぶるような亜寿沙の声が、イキッぱなし状態の翼の背中を押す。

いけっ、いっけえーっ……

翼の口元は藍子の蜜唇によって塞がれていた。息苦しさが快感をさらに増幅させていく。翼は亜寿沙の腰をがっちりと摑むと、最奥目がけて一心不乱に亀頭を打ちつける。

「ああ、いいっ、膣内でオチ×チンが上下に弾んでるっ。奥まで突き刺さってるっ。はぁーっ、いいっ、イキそう……ああっ、イッくうーんっ……！」

亜寿沙は喜悦の声を迸らせると、折れそうなくらいに背筋を弓のようにしならせた。激しすぎる絶頂に、呼吸をするのさえも忘れたかのように身体を硬直させている。

びゅくんっ、びくんっ……。

大きくしなった女体が、まるで感電でもしたかのように不規則な蠢きを繰り返す。

「はあっ、イッ……ちゃった……！」

亜寿沙は長い髪の毛を乱すと、翼の腰の上から尻を浮かせカーペットの上へと倒れ込んだ。その身体は、掬われ損ねて床に落とされた金魚のように、びくびくと震え続けている。

「亜寿沙さんは大満足みたいね。じゃあ、今度はわたしを満足させて。だってまだそんなにがちがちなんだもの。いくらだってできるでしょう？」

翼の顔の上に跨っていた藍子が尻をあげた。

「今日はなんだか激しく突かれたい気分なの。ねえ、後ろから突っ込んで欲しいのよ」

色っぽい視線を投げかけると、藍子は翼を挑発するように桃のような尻を高々とあげて四つん這いのポーズを取った。翼が舐め回していた太腿の付け根は、蜜液と唾液でてらてらと輝いている。

仰向けに倒れ込んでいた翼はようやく身体を起こした。下半身はいまだに臨戦状態だ。濃厚な牝のフェロモンを漂わせるヒップ目がけて、勃起状態が収まらないペニスを押しつけると、やや荒っぽい感じでねじり込む。

「ああっ、いいわ、この感じ。なんだか犯されてるみたいな気分になっちゃうっ」

床の上に突っ伏した藍子の乳房は、本来の砲弾のような形が歪みひしゃげて見えた。それが牡の嗜虐欲を煽り立てる。

翼は熟れきったヒップを鷲掴みにすると、深く浅くとペニスを抜き差しする。

「いいわぁ、すごいっ……硬いオチ×チンでオマ×コを滅茶苦茶にかき回して……」

はしたない言葉を口走りながら、藍子自身も尻を振りたくる。そのたびに、唾液や淫液で濡れた淫嚢が太腿の付け根の辺りを打ちつける。

部屋の中には獣じみた息遣いと、下半身を穿ちあう音だけが響いている。

「はあっ、こんなのってはじめて……」

朦朧とする意識を覚醒させるように、ゆっくりと頭を振りながら亜寿沙が身体を起こした。

「藍子さんの言っていたとおりね。男の人って確変に入ると、大変なことになっちゃうの。本当に不思議だわ。なんだかどんどん好奇心が湧いてきちゃう。そういえば、翼くんってお尻の穴をいじられても感じちゃうんですよ」

唐突に亜寿沙が翼の恥ずかしい秘密を口にする。

「藍子さんのオマ×コに突っ込んでいる姿を見ると、なんだか妬けちゃうわ。ねえ、少しだけ悪戯をしてもいいですか？」

亜寿沙にとって藍子宅のリビングは、勝手知ったる他人の家という感じだ。ハンバーグをこねたりするような薄手の手袋の置き場所も知っている。

慣れた手つきで手袋を右手に装着すると、亜寿沙はうるうるの牝蜜まみれの女壺の中に人差し指を挿し入れた。

「藍子さんのオマ×コの中に突っ込みながら、お尻の穴を悪戯されたら翼くんがもっと感じちゃうんじゃないかしら？」

ふたりの人妻は女同士のプライドをかけて、男を悦ばせる手練手管を披露し合っているかのようだ。

後背位で藍子の深淵を貫いている翼の菊座目がけて、藍子は人差し指をそっと押し当てた。指先にはローション代わりの蜜液がたっぷりと塗りまぶされている。

「あっ、亜寿沙さんっ……そこは……」

「大丈夫よ、こうしたらもっともっと気持ちよくなるんじゃない？」

亜寿沙は自信ありげに囁くと、指先に力を込めて放射線状の肉皺の中に、ゆっくり埋め込んでいった。

「うあっ……やっ、ヤバいっ……なっ、なんだ……これっ」

翼はくぐもった声を洩らした。

「なんだって、ここが翼くんの前立腺じゃない。ほら、こうやって刺激すると、どんどん硬くなって盛りあがってくるわ」

含み笑いを浮かべると、亜寿沙は直腸内でとくとくと鼓動を刻んでいる前立腺を人差し指の腹で軽く押し込むように刺激した。

「やだっ、うそっ、ますますオチ×チンが硬くなるっ……」

藍子も惑乱の声をあげた。亜寿沙の指先で前立腺を刺激されながら、それでも翼は懸命に腰を前後させる。

「ああっ、おかしくなる。もうっ、もうっ、これ以上はぁ……！」

翼が半狂乱の雄たけびをあげた瞬間だった。

「あぁーっ、あっ、熱いのがかかってる。オッ、オマ×コの中に熱いのがいっぱい溢れ出してくるーっ」

身体の中に起きた異変に、藍子も驚きを含んだなまめかしい声を迸らせた。それでも、翼は両手は藍子の尻をがっちりと掴んだまま、無我夢中で腰をストロークさせている。

びちゃっ、ぶしゅーっ……。

翼が腰を使うリズムに合わせて、ペニスを咥え込んだ蜜壺からやや泡だった液体が凄まじい量で噴き出してくる。

「こっ、これって……オマ×コの中でオチ×チンが潮吹きをしてる。こっ、こんなの……こんなことって……あぁあっ、熱いのがオマ×コにかかってる。おかしくなるっ。あぁっ、いっ、イッちゃうーっ。イクーうっ……！」

あられもない声をあげると、藍子は突っ伏すようにカーペットの上に倒れ込んだ。ペニスを飲み込んでいた蜜唇からは、翼が吐き出した大量の無色透明な液体が流れ落ちている。

ようやく亜寿沙は翼のアヌスから人差し指を引き抜いた。

「あぁっ、僕も、もう……」

翼にとっては、生まれてはじめての男の潮吹きだった。全身から力が抜け、そのままカーペットに横向きに倒れ込んだ。

「あらあら、大変なことになっちゃったみたい」

亜寿沙は残っていたワインを口にすると、あられもない姿を晒しているふたりの姿に乾杯をする真似をした。

どれほど意識が飛んでいただろうか。軽く頰を撫でられる感覚に、翼は我に返った。

「ちょっと刺激が強すぎちゃったみたいね」

亜寿沙はちろりと舌を出してみせた。

「ほんとうにちょっとやり過ぎよ。でも、こんな経験ははじめてだったわ。まだ、身体の感覚が完全には戻ってこないもの」

藍子は物憂げな表情を浮かべた。まだ衣服を整える余裕もないらしい。

「とりあえず、翼くんは帰っていいわ。これに懲りないで、来週からもよろしくね」

「はっ、はい、わかりました」

人妻ふたりは満足げな表情を浮かべると、翼の頰に唇を寄せた。翼は手渡されたウエットティッシュなどで身体を拭うと、身支度を整えて藍子宅を後にした。

色っぽい人妻さんとエッチができるなんて、普通なら美味しすぎる仕事なんだろうけれど、あのふたりは激しすぎだよ。まだアソコがじんじんしてる……。でも、確かに気持ちはよかったな。意識が完全に吹き飛んで、別の世界に行っていたもんな……。

藍子宅を後にした翼は、最寄りの駅に向かって歩いていた。疲労感からか足が重い。

そのときだ。マナーモードにしていたスマホがぶるぶると震えた。液晶画面を確認すると麻奈美からのメールだ。

「おめでとう。今日の会議で、アルバイトから社員に昇格することが正式に決まりました。それから大井紗理奈さんからの紹介で、あなたを指名する問い合わせも一件入ってるわよ。期待しているから、これからも頑張ってね」

メールを目にした途端、翼は信じられないような気がした。いままでの努力が認められた気がする。

嬉しいけれど……身体が持つかな……。人妻さんたちってエッチすぎるよ……。

液晶画面に視線を落としたまま、翼は少し困ったような笑みを浮かべた。

（了）

※本作品はフィクションです。作品内に登場する
団体、人物、地域等は実在のものとは関係ありません。

ぼくの家性夫（かせいふ）バイト
〈書き下ろし長編官能小説〉
2021年6月14日初版第一刷発行

著者……………………………………………鷹澤フブキ
デザイン……………………………………………小林厚二
発行人……………………………………………後藤明信
発行所……………………………………………株式会社竹書房
〒102-0075　東京都千代田区三番町8-1
三番町東急ビル6F
email：info@takeshobo.co.jp
竹書房ホームページ　http://www.takeshobo.co.jp
印刷所………………………………………中央精版印刷株式会社

■定価はカバーに表示してあります。
■落丁・乱丁があった場合は、furyo@takeshobo.co.jp までメールにて
お問い合わせください。

竹書房ラブロマン文庫　近刊目録

好評既刊

長編官能小説
女体めぐりの出張
伊吹功二　著
出張の多い青年社員は日本各地で方言美女たちとの淫らな一夜を過ごす…。快楽と肉悦の出張ラブロマン長編！
770円

長編官能小説
なまめき地方妻
桜井真琴　著
地元にUターン就職した男は、仕事先でゆるく淫ら人妻たちと知り合い、戯れていく…！　地方エロスの決定版。
770円

長編官能小説
しくじり女上司
美野　晶　著
オンナが輝く瞬間は弱みを見せた時…。上司たちのしくじりをフォローした後のお礼情交を愉しむ青年の快楽生活！
770円

長編官能小説
まさぐり癒し課
北條拓人　著
青年は女だらけの職場に作られた「癒し課」でお姉さん社員たちを淫らに癒す…！　快楽と誘惑の新生活ロマン。
770円